KB099597

그 힘으로 살아

그 힘으로 살아

발행일 2019년 1월 18일

지은이 사 경 희

펴낸이 손 형 국
펴낸곳 (주)북랩
편집인 선일영 편집 오경진, 권혁신, 최승헌, 최예은, 김경무
디자인 이현수, 김민하, 한수희, 김윤주, 허지혜 제작 박기성, 황동현, 구성우, 정성배
마케팅 김회란, 박진관, 조하라
출판등록 2004. 12. 1(제2012-000051호)
주소 서울시 금천구 가산디지털 1로 168, 우림라이온스밸리 B동 B113, 114호
홈페이지 www.book.co.kr
전화번호 (02)2026-5777 팩스 (02)2026-5747
ISBN 979-11-6299-516-7 03810 (종이책) 979-11-6299-517-4 05810 (전자책)

이 도서의 국립중앙도서관 출판예정도서목록(CIP)은 서지정보유통지원시스템 홈페이지(http://seoji.nl.go.kr)와
국가자료공동목록시스템(http://www.nl.go.kr/kolisnet)에서 이용하실 수 있습니다.
(CIP제어번호: CIP2019001111)

그럼에도 불구하고

감사해, 고마워, 사랑해

그 힘으로 살아

사경희 글, 그림

북랩book Lab

추천사 1

처음 만났을 때 우리는 서른 즈음의 젊은 나이였습니다. 내가 근무하던 학교로 전근을 왔던 그때, 선생님은 남편이 사고를 당하고 4년쯤 지나 많이 지쳐 있었고 힘들어 보였습니다. 선생님은 무심하게 자기 이야기를 했고 그런 선생님을 바라보며 아무런 슬픔도 느껴지지 않는 절망을 보았습니다.

서른 즈음의 젊은 여인이 감당하기엔 선생님이 당한 불행이 너무 컸고 그 불행과 맞서 버티고 있는 씩씩한 모습이 애잔했습니다.

선생님을 바라보며 내가 만난 예수님을 전하고 싶었습니다.

내가 알고 있는 모든 것 중에서 가장 귀하고 좋은 분.

나의 상처를 싸매시고, 나를 회복시키신, 나의 주님을 선생님께 전하게 하셨습니다. 나는 아무것도 할 수 없어서 주님이 선생님의 마음을 만져주시기를 기도했습니다. 상한 갈대를 꺾지 아니하며 꺼져가는 등불도 끄지 아니하시는 사랑의 주님을 만나면 선생님이 새로운 소망으로 삶을 아름답게 살아갈 수 있으리라는 믿음으로….

그 이후로도 삶은 힘들었고, 우리는 많이 넘어지고 낙심했습니다. 그러나 그때마다 주님은 오셔서 우리의 믿음 없음을 나무라지 않으시고 안아주셨고, 일으켜 세우셨고, 새 힘을 주셔서 앞으로 걸어 나아가게 하셨습니다.

힘들지만 꿋꿋하게 아내로서, 어머니로서, 교사로서, 신앙인으로서 맡겨주신 삶의 자리에서 믿음의 선한 싸움을 하며 삼십여 년의 세월을 살아내게 하셨습니다. 돌아보면 모두가 주님의 은혜였습니다. 앞으로 남은 시간이 얼마나 될지 우리는 모르지만, 그 시간도 주님의 은혜 안에서 선생님은 변함없이 사랑의 수고를 하시리라 믿습니다.

이 책을 통해 사랑은 없고 상처만 가득한 우리에게 사랑과 치유의 은혜가 함께하기를 기도하며, 부족한 사람에게 귀한 지면을 허락하심에 감사드립니다.

귀한 책을 허락하신 하나님께 감사와 영광을 올립니다.

> 여호와께서 자기 백성의 상처를 싸매시며 그들이 맞은 자리를 고치시는 날에는 달빛은 햇빛 같겠고 햇빛은 일곱 배가 되어 일곱 날의 빛과 같으리라(이사야 30:26)

명성교회 구역장
김은숙

추천사 2

아름다운 이야기가 있네. 우리 주님의 사랑 이야기.

아름다운 이야기가 있네. 주님 닮은 사랑 이야기.

〈여종의 노래〉

솔로몬과 술람미 여인의 사랑이
무색하도록

주님의
비천한 여종을 향한 사랑이

이열치열로 무더위 속에서도
좁디좁은 둥지 안에서도

광활한
자유로움의 영혼으로

은혜로 걸어온
중년 끝자락의 여종을
행복하게 하시나이다

『혼자 배우는 미술』 저자
이영숙

여는 글

유난히도 장미향이 향기로웠던 5월, 피어나는 꽃봉오리처럼 수많은 행복이 우리 앞에 가득 피어날 줄만 알았던 그즈음, 스물아홉 살에 닥친 불행을 어떻게 그려내야 될까요.

사고 이후의 나날들은 저에겐 길이 보이지도 않는 결승점을 향해서 무작정 앞으로 달려가야 하는 시간이었습니다. 절대로 멈추어 설 수 없는, 반드시 가야만 하는 길이라 생각했습니다. 두려움 속에서도 남을 의식하고, 좌절과 우울, 도망가고 싶은 비겁함과 싸우는 시간이기도 했습니다.

그러나 돌이켜 보면 사고로 인한 기억 상실의 기간 10년과 완전한 노동력 상실 그리고 아홉 살이 되어버린 남편과 보낸 지난 30여 년은 감사였고, 사랑이었고, 은혜였습니다.

어려서부터 중년이 된 지금까지 끊임없이 인정하고 지지해 주시는 부모님.

군 복무 27개월 동안 일기처럼 써서 보낸 남편의 편지와 사랑.

'늘 엄마가 옳다'며 신뢰를 보내는 아들.

힘과 격려를 보내며 묵묵히 곁을 지켜준 나의 지인들.

결정적으로, 나의 등 뒤에서 도우셨던 나의 하나님!

이 모든 것이 때때로 넘어지고 실망하며 숨어버

리고 싶었던 시간들을 버티게 했고 살아내게 하였습니다.

30년 전의 사고는 현재도 진행 중이지만 고난의 시간을 잘 극복하고 나면 그때가 언제든지 세상에 꺼내 놓으리라 다짐한 일을 드디어 할 수 있게 되어서 행복합니다.

'감사해 1~11'은 남편의 사고와 이후의 과정,

'고마워 1~11'은 거듭난 생명 되고 주신 아들과 나의 삶,

'사랑해 1~11'은 아들의 성장과 의경 훈련소 기간 동안 보낸 편지를 모아 놓은 것입니다.

30년이 지난 오래전의 일부터 지금까지, 여과 없이 나의 민낯을 드러내는 것 같아 조금은 부끄러

우나 행복하고 건강한 삶을 누리고 있는 이들과 공감하고, 아프고 고통스러움에 힘들어하는 이들에겐 따스한 위로가 되었으면 좋겠다는 바람으로 나누고 싶었습니다.

끝으로,

추천사를 써주신 나의 아름다운 그녀, 김은숙 구역장님.

따뜻하고 사랑스러운 그림으로 이 글이 더욱 빛날 수 있도록 지도하고 도와주신 이영숙 권사님께 깊이 감사드립니다.

2019년 1월

사경희

목차

감사해

고마워

사랑해

감사해

URGENT
For a Darling

감사해 1

누구의 삶인들 특별하지 않으랴마는 지금까지 살아온 삶의 여정이 내 의지대로 된 것이 아니어서 언젠가는 내 이야기를 풀어내려 했지. 지금까지는 분주하게 내 의무를 해내느라 어려웠지만, 이젠 그때가 된 것 같아.

전에는 내 이야기를 시작할 생각만 해도 눈물부터 났는데, 이제는 웃으면서 이야기할 수 있어. 더 이상 슬프지 않으니까.

내 이야기를 들어 볼래?

1989년 2월 12일에 결혼하고 3개월이 지난 5월 13일, 출근하던 남편에게 사고가 일어났어. 그날 새벽에 비가 많이 왔었거든. 한바탕 쏟아내던 하늘이 잠시 쉬고 있을 때였지.

출근해서 아침 교직원 협의회 시간에 전달 사항을 안내받는 중에 병원에서 전화가 왔어. 의왕에 있는 신경외과래. 교통사고 환자가 들어왔는데 어찌어찌 알아보고 나한테 연락이 왔더라.

너무 무섭고 놀라서 택시를 타고 가는데 온몸이 다 떨리더라. 도착해보니 작은 병원이더라고. 그 사람은 이미 의식이 없는 상태로 CT 촬영하고, 엑스레이 촬영하고….

정신없이 여기저기를 오가며 간절히 바랐어.

'괜찮을 거야. 괜찮을 거야. 그냥 가벼운 사고가 난 거고, 곧 깨어날 거야'라고. 그렇게 생각하면서 엑스레이 찍는 걸 옆에서 경황없이 도왔어. 그것이 또 다른 슬픈 일을 만들게 될 걸 모른 채로.

그리고 병원에서 의사 선생님이 하는 말을 들었는데, 수술을 해 봐야 알겠는데 일단 뇌 경막에 피가 많이 고였고, 뇌 수술을 해 봐야 알겠지만 상태는 위독하다고 했어. 오른쪽 다리 골절도 심하지만, 더 급한 게 뇌 수술이라고. 5시간쯤 흘렀을까. 수술 후 수술실을 나오는 그 사람을 보는데, 아기처럼 아주 조그맣고 핏기없는 얼굴에다 두건을 쓴 듯 머리에 붕대를 감고 얌전히 자는 것처럼 보였어. 다리에 힘이 풀리고 쓰러질 것 같더라.

그렇게 남편이 중환자실에 들어가고, 너무도 힘들고 막막한 시간이 흘렀어. 면회 시간이 돼서 들어가 보니까 숨만 쉬고 있더라고. 목에는 기관지 절개를 한 채로 의식 없이 숨만 쉬는 얼굴을 보면서 아무것도 할 수 있는 것이 없었으니까 마냥 밖에서 기다려야만 했지.

수술은 잘되었으나 경과는 지켜봐야 한다고. 의사들은 늘 그렇게 말하잖아. 그래도 며칠 후면 깨어나겠지. 일어나서 아무 일도 없는 것처럼 일어나서 뭐… 밥도 먹고 웃고 할 거라고 생각했어.

그렇게 이틀, 사흘, 그러다 잠깐 집에 왔는데 병원에서 연락이 왔더라. 굉장히 위독한 상황이니까 보호자가 옆에 있어야 한다며 빨리 오라고. 너무 놀라서 병원에 뛰어갔더니 경기를 일으키고 혈압이 많이 떨어져서 위독했었는데 급히 조치했고 내가 도착하기 5분 전쯤에 다시 안정을 찾아서 괜찮아졌다고 하는 거야. 가슴을 쓸어내리며 펑펑 눈물을 쏟았지. 그 사람과 눈만 맞추고 살아도 좋으니 제발 살아만 달라고 빌었어.

한 3주쯤 지났을까? 속이 메슥거리고 음식도 못 먹겠고 너무너무 힘들어서 병원에 갔더니 임신이래. 이렇게 허망할 수가 있나. 아무에게도 말하지 못했어. 이 상황을 어떻게 설명할 수 있겠어. 쓸쓸하게 혼자 처리해야만 했지. 아기를 축복할 수도, 축복받을 수도 없는 생명이라는 생각에 넋이 나가더라고. 교통사고가 있던 그날, 엑스레이를 찍을 때 내가 옆에서 도왔다고 했잖아. 20여 차례 정도 더 찍었을 거야. 그 이유로 아이를 잃어야 했거든. 의사 말이 건강한 아이를 낳기는 어려울 것 같다고…. 그렇게 그날 아기를 보냈어. 그땐 사실 아기에 대한 애착도 없었고 지금 이 상황에서 아기를 어떻게 키우겠어. 차라리 잘된 거야. 이렇게 위로하면서. 너무 매정하지. 그땐 그렇게 마음을 먹어야 했어. 그래야 한다고. 그럴 수밖에 없다고. 내 중심으로, 내 편의대로 결론을 냈어.

그 뒤로 한 10년쯤 후에 생명은 내가 결정하고 함부로 할 수 있는 게 아니란 걸 알게 되었고 잘못을 빌었지. 많이 울기도 했고.

출산한 것만큼 몸 관리를 해 줘야 하는 상황이었지만, 내 몸을 돌볼 겨를도 없이 병원과 학교를 오가며 긴장을 늦출 수 없는 생활을 했어. 오로지 그이가 어서 깨어나 주기만을 간절히 바랐지.

감사해 2

그이가 27개월 15일 동안 군 복무할 때, 나는 거의 2주에 한 번씩, 46번 정도 면회를 하러 갔어. 수원에서 파주까지 기차 타고 열심히 만나러 다녔어. 전혀 힘들지 않더라. 내가 보고 싶어서 갔고, 나를 보고 싶어 하니까 또 갔지.

내 속에 열정 유전자와 끈기가 있다는 걸 그때 알게 된 것 같아. 그렇게 찾아가는 연애를 하며 12월에 그가 제대하고 그다음 해에 결혼했지. 그리고 그해 5월에 사고가 났거든…. 기가 막히지? 결혼해서 이제 3개월을 같이 살았는데.

어느 날, 사람이 중환자실에 얼마나 머물렀나가 수술 예후를 짐작할 수 있는 기준이라며 주변에서 수군거리더라. 한 달 이상 중환자실에 있게 되면 회복이 어려울 거라고. 혹시라도 사람들 말처럼 회복이 안 되면 어떻게 하나 하는 두려움이 순간순간 내 심장을 조여오더라.

간간이 눈을 뜨긴 해도 별 반응 없이 한 달이 지나갈 즈음, 간호사가 지난밤에 그이가 말을 했다고 하더라고. 얼마나 기뻤겠어.

잠시 들여다보고 있으려니 눈을 뜨고 이리저리 기웃거리길래 놀라서 물었어.

"이름이 뭐야?"

입을 오물거리며 작은 소리로 이름을 말하더라.

"맞아, 맞아. 몇 살이야?"

"열아홉 살."

"뭐라고? 말이 돼? 당신, 스물아홉 살이잖아."

"나? 열아홉 살인데…."

들릴 듯 말 듯 그가 흘리는 말에 내 귀를 의심했어. 순간 심장이 멎는 것 같더라. 그렇게 그이는 사고 후유증으로 10년 정도의 기간에 관한 기억 상실이 있었지.

자신이 누워 있는 곳이 병원이라는 것도 몰랐고, 자신의 몸 상태나 주변의 상황은 전혀 이해하지 못하는 것 같았지만 자기네 식구는 다 알고 있었어. 그런데 내가 누군지는 모르더라.

당신 부인 이름이 뭐냐고 물으니까 자기가 아는 여자 이름을 다 말하더라고. 한 10명쯤. 그 기억 속에 난 없었어. 너무 기막혀서 간호사한테 물어봤지.

"이 사람 왜 이래요?"

충격 때문일 수도 있고 수술 후유증일 수도 있다면서 좀 지나 봐야 알 수 있다고 하는데, 사실 얼마나 기다리면 사고 전의 모습으로 돌아올 수 있을지는 상상할 수 없었어.

부인 이름이 뭐냐고 물으면 아는 여자 이름을 여럿 말하고, 부인이 어디 갔느냐고 물으면 횡설수설 아무 얘기나 하곤 했어. 때로는 죽었다고도 했고, 울릉도에 있다고도 했지. 나와의 추억도, 사랑도 싹싹 지워버린 채 낯선 모습으로 별다른 호전 없이 며칠이 지났어. 결국 내가 누군지는 알지 못하고 일반 병실로 올라왔지. 그래도 난 중환자실을 벗어나는 것만으로도 행복했어.

하얀 병실 벽에 전지 가득 써서 붙여놨어. 이름, 나이, 내가 누군지, 당신은 누군지, 뭘 하던 사람이었는지 등. 그의 기억에 난 없는 사람이었지만, 반복해서 내 이름을 말해 주며 주입하니까 내 이름을 알더라. 그런데 내가 아내라는 걸 자신의 머릿속에서 연결하지 못하는 웃지 못할 상황도 많았어.

"내 이름 알아요?"

"네."

"당신 부인 이름은요?"

"알아요."

"그럼 내가 누구예요?"

"…."

"내 이름하고 당신 부인 이름이 같은데 내가 누군지 몰라요?"

"그럼 당신이 내 부인이에요?"

이런 어처구니없는 날이 한동안 지속되었지.

좁디좁은 보호자 침대에서 자고 경황없이 출근해서는 수업과 업무를 몰아치듯 해내고, 퇴근하면 다시 병원으로 돌아와 진종일 누워 있는 남편에게 혹시 욕창이라도 생길까 봐 걱정스러워 주무르고 몸을 닦아 내며 밤을 맞이하곤 했지. 하루가 어떻게 지나가는지 모르겠더라. 누워만 있는 그이를 돌보던 내게 시간은 흐르지 않고 멈춰 있었어. 그이가 겨우 몸을 움직이고 아이를 낳게 될 때까지 나는 내 나이를 잊고 살았어. 누가 나이를 물어보면 그이가 다쳤던 스물아홉에 멈춘 채로 나는 4년을 살고 있더라.

어느 날 퇴근해서 별 뜻 없이 인사처럼 “오늘 뭐 했어요?”라고 물었거든.

그랬더니 “우리 아내랑 산책했어요.”라고 하더라.

난 근무하고 이제 왔는데 도대체 어떤 아내랑 산책했다는 건지.

그리고 걷기는커녕 두 발로 서지도 못하는 사람이었거든. 이런 날이 자주 있었지만 앞으로 걷지 못한다거나 정신적으로 어려움을 겪을 것이라고는 절대 생각하지 않았어. 어쩌면 무식해서 용감한 경우라고나 할까. 아는 것도 없고 경험도 없으니 시간이 지나면 나아서 걸어 다니고 다시 그이가 근무하던 학교로 돌아갈 수 있을 거라고 생각했지.

온종일 병실에서 누워 있는 날이 지속되니까 기

억도 찾고 무슨 생각을 하는지 알고 싶어서 책을 읽어 보라고도 하고, 어느 때는 일기를 써 보라고도 했지. 오른쪽 손에 책을 들고 어떤 내용인지는 모르는 것 같았는데 책을 잘 읽더라고. 팔이 아플 법도 한데 책을 한두 시간씩 들고 읽는 게 신기하기도 했어. 일기를 보면 좋은 기억만 남아 있는지 여행하고 산보하는 얘기만 쓰더라.

한 번은 노트에 사람을 그려보라고 했거든. "나 그림 잘 못 그려요." 하더니 사람을 그리긴 했는데 발을 안 그렸더라.

"왜 발이 없어요?"

"…그러네. 발이 없네요."

걸어 다니지 못하는 자신의 모습을 닮아 있었어. 그이는 수술 후유증으로 몸의 왼쪽에 심한 마비가 와서 움직이지 못하고 있었어. 오른쪽 다리라도 멀쩡했으면 재활 치료를 할 수도 있었을 텐데. 사고 날 때 우측 다리가 심하게 골절되어서 그 다리도 깁스를 하고 있었으니 전혀 일어설 수도 없었거든. 식사할 때 앉는 것 외엔 모든 것을 누워서 해결해야 했었지. 나는 그래도 그이가 곧 걸을 수 있을 것이라는 희망을 잃지 않았어.

감사해 3

그 병원에서 한 서너 달 입원해 있었나 봐. 차도가 없으니까 큰 병원으로 옮겨보자는 가족들의 의견에 따라 재활 치료도 할 수 있게 종합병원으로 옮겼어.

그러면서 휴직하게 되었고, 그렇게 병원에서 신

혼살림을 살았네.

1989년 당시에는 간병 휴직이라는 것이 없었어. 휴직할 수 있는 방법은 내가 아파야 가능했기든. 내가 돌보긴 해야겠고, 학교를 그만둘 수는 없었기에 고민 끝에 남편의 상황과 나의 스트레스, 걱정으로 인한 불면, 체중 감소 등을 이유로 의사 선생님과 상담하고 또 상담했더니 진단서를 발급해 주셨지. 그 덕분에 5개월 동안 휴직이 가능했어. 고려대학교 병원으로 어렵사리 옮기고 종일 누워만 있는 남편의 수발을 들었지.

남편은 뇌 수술로 언어 장애가 있었어. 말을 부정확하게 하면서 흘리듯이 말해서 남들은 못 알아듣는데 신기하게 나는 알아듣겠더라고. 누구라도 병문안을 오면 중간에서 내가 통역을 해 줘야 대화가 되었으니까. 우습지? 그런데 놀라운 것은 기억 상실과 정신 연령은 낮아져 있었는데도 영어를 해석하거나 본인이 전공한 역사 같은 내용은 기가 막히게 잘 기억해내더라. 오묘하게 느껴졌어. 지식의 뇌와 사고의 뇌가 부분적으로 다르고 감정을 조절하는 부분도 다 다르기에 대화가 되기도 하고 안 되기도 했으니까.

언어 장애는 나중에 퇴원하고도 오래도록 회복하지 못했어.

다리 골절로 부서진 조각을 맞추고 온전해질 때까지 몸을 세울 수 있는 재활도 할 수 없었거든. 거의 6개월쯤 지나서야 재활 치료를 시작했나 봐. 마비되고 굳은 팔과 다리를 움직이게 하는 운동은 몹시 힘들어 보이더라. 소리 지르고 안 하겠다고 떼쓰고, 그러면 달래고 그래도 말 안 들으면 어린아이 혼내듯 남편을 나무라고…. 그래도 운동 못 하겠다고 막무가내로 억지를 쓰면 휠체어에 앉혀서 비상구 계단으로 데리고 갔지. 등짝을 한 대 때려주고 협박도 했어. 이렇게 운동 안 하면 못 걷는다고. 못 걸으면 퇴원도 못 한다고. 그리고 내가 당신을 떠날지도 모른다고.

그렇게 모진 소리를 하고는 계단에 앉아 숨죽여

울었지.

그이는 내 얘길 별생각 없이 들었고 운동은 아픈 거니까 안 할 거라고 오히려 소리를 질렀지.

"못 해!"

누구라도 나에게 "요즘 어때요? 괜찮아요?"라고 물으면 멋쩍게 웃고는 화장실로 가 눈물을 찍어냈어. 병이 생길 것 같더라. 두려움과 고민, 슬픔을 속 시원하게 어디에도 말하지 못하고 속에 쌓아두고 있으니 그럴 만도 하지. 7개월이 지나가지만 그이는 아직 움직이지도 못하고 아무것도 못 하는데, 계속 이렇게 살아야 하면 어쩌나 두렵고 불안했어.

그이는 내 맘도 모르고, 자신의 맘도 모르니 세상 어디에서도 내가 위로받을 곳이 없더라.

편안하게 잠 한 번 못 자고 보호자 침대에서 쪽잠을 자며 새벽에 서너 번은 깨서 그이의 소변 뒤처리를 해 줘야 하니 늘 잠이 부족했어. 어떤 날은 목을 제대로 돌릴 수 없을 정도로 아파서 뻣뻣

해져 있는 나를 의사가 데려다 주사를 놓아 주더라. 보기 안쓰러웠나 봐. 누가 조금만 배려해 주거나 힘내라고 해 주면 눈물부터 쏟아지곤 하니 설움 주머니가 날마다 부풀어 커지더라.

그렇게 내 휴직 기간도 끝나갔고 다시 출근해야 할 시간이 다가오면서 내 걱정과 불안은 심해졌지. 출근하면 누가 그이를 돌봐주나. 나만큼 운동도 못 시킬 텐데. 가족 중에서 누구도 도와줄 사람이 없는데 어떻게 하나. 정말 속상하고 서글펐어.

지하철로 병원에서 수원까지 출퇴근하는 일이 쉬운 건 아니었지만, 그것보다 간병해 주실 분을 못 구해 며칠을 울면서 출근하던 차에 다행히 참 좋은 간병인 아주머니를 만나게 됐어. 간병인 아주머니는 내가 퇴근할 때까지 따뜻하고 섬세하게 남편을 돌봐주셨고 연세대학교 병원으로 옮겨서도 계속 남편을 보살펴 주셔서 얼마나 감사했는지 몰라.

URGENT
For a Darling

감사해 4

그이는 뇌 수술로 두개골이 함몰된 상태로 지내서 겉모습이 보기 흉했거든. 둥근 머리 부분의 반이 없으니 보기에 안 좋았지. 그대로 두면 혹여라도 외부에서 충격을 받게 되면 매우 위험하고 외형상으로도 보기 좋지 않아 한 번 더 뇌 수술을

하게 되었는데 사고가 났던 그때가 떠올라 몹시 두려웠어. 수술실 앞에서 기다리는데 정말 긴장되더라. 다행히 수술은 잘되었고 그 뒤로 가끔 일어서는 운동도 하면서 서서히 회복이 되는가 보다 했어.

사고 후 1년도 더 지난 시간이었지.

재활 치료를 하면서 조금씩 보조 도구와 사람의 부축을 받고 조금씩 움직일 수 있게 되니 사람들이 그러더라. 그래도 아직은 젊어서 회복이 되는 거라고. 그의 나이 30이 넘었는데도 젊다고 하더라. 하긴 병원에 1년 이상 있는 사람이라면 대부분 노인들이고 극심한 상태의 환자들이니 일리가 있는 말이었지. 나쁘지 않았어. 희망을 보는 것 같아서.

그날도 운동을 시켜 보려고 허리에 보조 벨트를 매고 내가 뒤에서 그의 허리를 잡고 복도를 천천히 걷고 있었는데(아니, 걷는 게 아니고 다리를 끌며 살짝 움직이고 있는 거였지), 잠깐 내가 손을 놓는 순간 앞으로 나무 막대기가 넘어가듯 그대로 넘어져 바닥에 얼굴을 부딪치는 사고가 생겼어. 소름 끼칠 만큼 놀랐어. 병원에서도 난리가 났으니까. 세상에!

한 손은 못 쓰고, 다리도 잘 움직여지지 않을뿐더러 마비가 심했으니 방어할 틈도 없이 마른 나무 막대기가 쓰러지듯 넘어가 버린 거니, 뭐 얼굴이 엉망이 되었지.

앞니가 반쯤 깨지면서 입술은 터지고… 너무 당황해서 내가 기절할 지경이더라. 좀 더 주의하지 못한 것과 빠르게 대처하지 못한 것을 자책하고 속상해하며 며칠을 보냈지. 걸을 수 있도록 자주 움직이고 운동시키려는 것이 나의 과한 욕심이었나. 그러면서도 이 일로 운동을 쉬어야 하면 어떻게 하지. 앞으로 걸을 수 있긴 한가. 여러 가지 생각이 들면서 심란하고 복잡한 심경이더라. 나중에 이 사고로 부었던 부분이 가라앉고 본 얼굴이 돌아왔는데, 웃을 때 앞니 빠진 그의 모습이라니.

그 와중에 웃음이 터지더라. 이 치료까지 하느라 애먹었어. 팔과 다리 운동 치료, 작업 치료, 언어 치료까지 오만가지 재활 치료를 하느라 말이야.

오랜 시간을 병원에서 치료하며 조금씩 회복되었으나 더 이상은 좋아지지도 않았고 한 환자에게만 대학병원에서 오래도록 치료할 수 있는 시스템도 아닌지라 퇴원 명령이 났어. 퇴원을 앞두고 의사가 퇴원하기 전에 휠체어 타는 연습을 하라고 시키는데 난 그렇게 시키기 싫더라. 어떻게든 걸어서 집에 가고 싶었거든. 그동안 병원에서 내가 어떻게 살았는데. 휠체어 타고 가려고 그동안 고생하며 애쓴 것이 아니었으니까. 남들 보란 듯이 그이와 같이 걸어서 나가는 모습을 늘 생각했었거든. 부모님께도 보여드리고 싶었고 내 수고에 대한 보상 심리가 작동한 것일 수도 있지. 근데 안 되는 일이더라. 왼쪽 팔다리가 몹시 심한 마비라 오른쪽은 움직여지는데 한쪽은 잘 쓰질 못하니까 균형이 안 맞아서 혼자서 휠체어로 이동하기가 어렵더라고. 걷지도, 타지도 못하는 참 기막힌 상황에 답답하고 걱정스러웠지. 회복 상황은 크게 진전되지 않고 무심한 세월이 흐르더라.

2년 6개월 만에 퇴원할 때 그이는 사고 능력 아홉 살에 노동력 상실률 100%였어. 의사는 앞으로 걷기 어려울 거라고 하며 말을 잇지 못했지.

어처구니가 없지 않아? 한때는 선생님이었던 그가 이제는 아홉 살 사고 능력에 스스로 걸을 수도 없는 상태로 평생을 살아야 한다니.

그런데 그이는 자신의 모습에 별로 신경 쓰지 않는 어린아이 같았어. 집에 간다니 마냥 좋아하더라. 시간이 흐르면서 나 역시 마음에 근육이 많이 생겼었나 봐. 너무나 슬프고 괴로운 퇴원을 하면서도 별다른 생각 없이 일상의 일인 듯 준비하게 되더라.

어떻게든 살아야 한다고 다짐했고 지금의 상황이 불안하고 두려웠지만 난 가장이었으니까. 남편을 책임지고 내 가정을 유지해야 했었거든.

그이가 퇴원할 때 어떤 사람이 정신과 의사 명함을 준 적이 있었어.

뇌 수술 후유증으로 신경질적이거나 폭력적으로 변하는 사람들도 있고, 정신과적 치료가 필요할 수도 있으니 연락해 보라고. 음, 그럴 수도 있겠다 싶었지. 그래서 명함을 잘 간직했어. 얼마 후에 버렸지만. 그이에게는 감사하게도 정신 치료를 받아야 하는 증상이 없었지.

퇴원 이후로 가끔 경련이 일어나 사람을 놀라게 하고 그런 후엔 몸이 더 경직돼서 움직임과 회복에 방해가 되기도 했고, 어떤 상황을 유추하거나, 융통성 있게 할 수 있는 건 아무것도 없었지만 그래도 신경질적이거나 폭력성은 전혀 나타나지 않았어. 순한 아기 양처럼 시키는 대로 먹고 자고 움직였지.

감사해 5

퇴원 당시에는 장애인의 삶이라는 건 생각조차 해 보지 않았어. 몸도 정신도 정상이 아니고 생활 능력도 없는 사람이지만, 장애가 있다는 생각보다는 그냥 환자라고 생각하고 살았던 것 같아.

편마비가 심한 그이에게는 팔이나 다리를 보조

해 주는 도구들이 필요했는데 국가에서 주는 혜택이 있다는 거야. 동사무소에 신청하면 병원을 거쳐 보조 도구를 무상으로 받을 수가 있다는 정보를 알게 되었지. 그런데 현실은 장애 등급을 받아야 보조 도구를 지원받을 수 있었어. 혼자서 그 이를 데리고 병원에 다니면서 힘들고 부담스러운 절차를 밟아가며 겨우 장애 등록을 하게 되었지.

걷지도 못하고 한 손을 전혀 쓸 수가 없어 혼자서 할 수 있는 일이 거의 없으니 장애 등급 1급이 나왔어. 서류를 가지고 동사무소에 신청하러 갔지.

근데 허탕 치고 나왔어. 왠지 알아?

내가 직장이 있어서 안 된다는 거야. 생활 보조를 받을 만큼 어려운 가정이 아니라 장애인 보조 도구를 받을 수가 없다는 거지. 그런데 당황스럽거나 섭섭하지 않았어. 오히려 정말 감사하더라. 내게 직장이 있어서 조건에 맞지 않는다는 말이 오히려 고맙고 기뻤어. "혜택받을 조건이 아니라는 거군요. 장애인 보조 도구 받지 않아도 괜찮아요."라고 말하며 웃으면서 뒤도 안 돌아보고 나왔지. 잘 모르고 방문한 내 모습이 조금 부끄럽긴 했지만, 가벼운 발걸음으로 집에 돌아왔어.

저절로 감사가 입에서 터져 나오더라.

그이가 살아 있어서 감사하고, 조금씩 움직이는 시간이 많아져서 감사하고, 밥 잘 먹으니 감사하고, 나와 짧은 대화라도 할 수 있어서 감사하고, 몸은 불편하나 생각이 건전하니 감사하고, 나의 수고에 "늘 고맙다."고 말해 주니 감사했어.

국가의 지원을 받아야 할 만큼 어려운 생활이 아니라서 감사하고, 그이에게 필요한 치료 도구를 내가 살 수 있는 형편이라 감사하고, 내가 건강해서 그이를 돌볼 수 있으니 감사하고, 내가 교사여서 감사했어. 그렇게 교직 생활을 35년 동안 했네.

URGENT
For a Darling

감사해 6

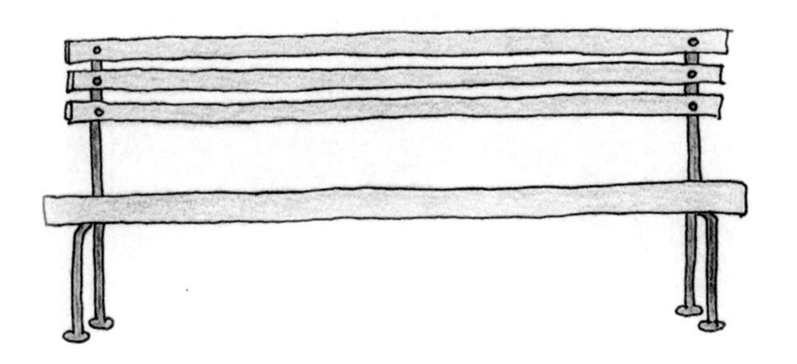

내가 출근하면 간병인이 식사를 준비해 주고 조금씩 움직임을 도와주고, 내가 퇴근하고 오면 운동, 또 운동, 그리고 운동을 했어. 무조건 걸어야 한다고 생각하면서 운동, 운동, 운동에 목숨을 걸었지. 나 혼자서 그렇게 생각했다는 뜻이야. 그이

는 하기도 싫고 아파서 소리 지르는데도 아랑곳하지 않고 운동, 또 운동, 운동. 그것만이 내 목표였던 거 같아. 매일 해야 할 운동의 양을 정해놓고 하루라도 놓치면 금방 몸이 굳어버릴 것 같다는 조바심을 내면서 말이야. 그러다가 힘이 빠지고 지치면 엉엉 소리 내어 아주 서럽게 울기도 했지. 내 마음속에선 '나 좀 달래주지. 울지 말라고 좀 해 주지' 하는 기대감이 있었거든.

"지치지 마. 조금씩 좋아지잖아. 더 나아질 거야." 이렇게 말해 주면 또 힘내서 기다릴 수 있었을 텐데. 그런데 그이는 내가 왜 우는지 모르더라. 그런 중에도 어쩌다 TV에서 재미있는 프로그램이 나오면 그걸 보면서 큰 소리로 웃더라. 나는 저 귀퉁이에서 울고 있는데도 말이야.

그이는 부축을 받으면서 조금씩 움직이긴 했지만, 집안에서조차 여전히 혼자서 할 수 있는 일은 없었어. 눈 뜨면서 잠들 때까지 모두 내 도움이 필요했지. 이렇게 사는 게 심심하고, 무료하고 외롭더라. 그렇게 날마다 같은 날이 반복되고 생각만큼 차도와 회복을 보이지 않으니까 내가 조금씩 지쳐 간다는 걸 느꼈어. 얼마나 이 생활을 더 해야 할까? 이대로 계속 살게 되는 건 아닐까 하는 두려움이 몰려오기도 했어.

잘 걸을 수 있을 때까지, 아니, 어떤 상황이 오더라도 나는 이 사람을 지키고 사랑해야 하는데 이런 생활 속에서 난 얼마나 더 버틸 수 있을까? 나의 인내심과 책임감에 실망하면서 서러움만 커졌지. 나도 별수 없는 형편없는 사람이구나. (슬픈 한 사발 추가)

시댁에선 둘이 그만 살게 하자고 했던 적이 있었대.

내가 지쳐서 못 살겠다고 하기 전에 보내자고. 아기도 없고, 젊고, 무엇보다도 멀쩡한 직장이 있는데 과연 오래도록 그이만 보고 살겠냐고 말이야.

언젠가 내가 가버리면 그이에게 더 상처가 될 것 같아 떠나기 전에 보내자고 그랬다는 거지.

속된 말로 도망이라도 가면 어쩌나 싶었나 봐. 시댁에서는 무지무지 맘 졸이며 언제 가버릴까 내 눈치를 보고 있었겠지.

그러던 중에 어느 날 그이가 이렇게 말했어.

"난 우리 부모님께 가서 살 테니까 당신이 힘들면 춘천 부모님께 가서 살아도 돼. 그동안 고생 많이 했어."

그 말을 듣고 울컥했어.

사고 능력이, 판단 능력이 다시 생겼나? 이건 무슨 상황인 거지?

왜 그렇게 생각했는지, 그 말뜻이 무엇인지 자세히 물어봤더니, 글쎄 말이야, 내 맘을 떠보려고 했던 거더라고.

나를 긍휼히 여기거나 안타까운 마음으로 고생 안 시키려고 보내 주려는 게 아니더라.

어릴 적 기억이 더 선명하니까 형이랑 부모님이

랑 살아야겠다고 생각한 것 같아.

"정말 나 춘천 가서 살아도 돼?"라고 하니까 아주 건조하게 그러라고 하더라.

그때 그이가 정말 불쌍하게 느껴졌어. 또 한 번 서럽게 펑펑 울었지.

그러면서 내 설움 주머니가 더 커졌을 거야.

우리 부모님은 이런 나의 상황을 보실 때마다 얼마나 마음이 쓰리고 아프셨을까?

그래서 나는 더 씩씩하게, 아무렇지도 않은 듯 행동했고 친정 부모님 앞에서는 절대로 울지 않았어. 나보다 더 아프실 걸 알았으니까.

한 5년쯤 지났을까. 아버지, 엄마는 왜 나를 말리지 않았냐고 물어봤어.

그만하라고, 그만 살라고 왜 하지 않았냐고 말이야. 걸을 가망도 없고 평생을 누워 살면서 내 딸 고생시킬 텐데 부모라면 그리 말할 수도 있는 거잖아.

"어떤 부모가 딸자식 고생하는 걸 보고 싶겠니. 네가 자연스럽게 행동하고, 또 당연히 해야 하는 거라면서 그 고생을 웃으면서 하고, 끝까지 책임지겠다는 모습을 보이니까 차마 입 밖에 못 내놓은 거지."

엄마가 그리 말씀하시며 눈물지으시더라.

언제든지 그이를 친정에 데리고 가면 맛있는 거 하나라도 더 먹여 주려고 좋아하는 거 만들어 주시고, "김 서방. 어서 잘 걷게 운동해라. 얼굴이 많이 좋아졌다." 하시면서 격려해 주셨지. 그러면서도 속으로는 눈물 많이 흘리셨을 거야.

앉을 때, 일어날 때 부축해 줘야 하고, 화장실이며 옷 갈아입는 것, 자리에 눕기까지 모두 내가 수발을 들어주는 모습에 절망감도 느끼셨을 텐데 한 번도 내색하지 않으시고 늘 격려하셨지. 그런 부모님 덕분에 나는 남편을 더 열심히 운동시켜서 걷게 해야겠다고 다짐했어.

감사해 7

한 지역에서 9년을 근무하다 원치 않는 전근을 가게 되면서 수원에서 하남으로 출퇴근을 하게 되었어. 그 당시에는 왕복 110㎞ 이상의 거리를 오가며 출퇴근했지.

간병인 대신 잠깐 남동생이 집에 와서 그이를

살펴 주기도 했었는데 그것도 몇 개월이지, 계속 같이 생활하긴 어려웠거든.

그래서 춘천에 있는 여동생네 집으로 이사를 하기로 결정하고 1년 정도 춘천에서 하남으로 또다시 출퇴근을 했지. 그러다가 다시 서울로 이사했어. 남편이 편안하고 안전하게 지낼 수 있는 조건만 생각하며 옮겨 다녔거든.

어떻게 하면 잘 움직이고 걸을 수 있을까. 무엇을 해야 사고력도 좋아지고 판단력도 생길까. 무엇을 보고, 듣고 해야 지난 추억들을 끌어낼까. 늘 그이의 회복을 생각하며 준비하고 상황을 만들어 봤지만, 많은 경험과 시간을 거듭해야 아주 조금 정말 눈에 겨우 보일 만큼의 변화가 생기더라.

주변에서는 이런 나를 보고 고생한다고, 착하다고, 천사라고…. 사람들이 그렇게 이야기할 땐 오히려 부끄러웠어.

'난 아내니까 당연히 남편이 어떤 상황이어도 곁

을 지키고 함께 가는 것이 옳은 거잖아. 당연한 거니까 칭찬받을 일은 아니지' 그리고 내 선택에 관해 책임져야 한다는 생각이 강했지.

지금 생각해보면 쉽지 않은 일이긴 해. 근데 말이야, 정말 중요한 건 내가 남편과 같은 상황이라도 남편은 나처럼 했을 거야.

사고가 일어나기 전의 그이는 세심하고 감성적인 사람이었거든.

그래서 대화도 잘 통했고, 책도 많이 읽은 사람이라 그런지 내 감정도 잘 읽었지.

상대가 뭘 좋아하는지, 싫어하는지 알았어. 정말 사랑하는 건 상대가 싫어하는 것을 안 하는 거라잖아. 내가 싫어하는 건 안 하려고 애쓰고 자신보다 나를 더 많이 아꼈지.

그 증거를 보여 줄까?

그이가 1986년 9월에 입대했으니까 군 복무 시작한 지 3개월쯤 되었을 때의 일이야.

그이는 군 월급 2개월 치인 칠천 원을 곱게 편지에 싸서 나에게 보냈어. 선물이라면서. 나는 그 칠천 원을 차마 쓸 수가 없어서 접어서 보관했어. 빛바랜 사진첩에 여전히 고이 접어 보관해 둔 사랑의 증거!

32년 전 이야기야.

다시 군 복무 시절의 사진첩을 들춰 보니 그 사진첩에서 건강하고 빛나는 그의 얼굴을 발견하고 눈물을 펑펑 쏟는 오늘이야.

당신에게 크리스마스 선물을

하고 싶어 직접 골라주지는 못하지만

이쁜 머플러를

당신두 좋지

두달치 봉급을 모은거라구

당신을 위해서

내마음을 내정성을 그대로 담아서

당신께 주는거야

기쁜마음으로 받아줘

군에서 오는 그의 편지에는 언제나 마침표가 없었어. 마침표가 없는 이유가 있다더군. 마침표가 신호 같은 것으로 쓰일 수 있어서 못하게 했었다는 뒷이야기가 기억나네. 사실인지는 확인해본 바가 없어. 그이가 입대하고 첫 편지를 보냈는데 읽다가 숨 막혀 죽을 뻔했어. 마침표 없는 편지가 두 장이었거든. 그이가 제대하고 농담처럼 웃으며 했던 그 시절의 숨 막혀 죽을 뻔한 이야기야.

감사해 8

그이는 군 복무 기간 동안 휴가 기간 말고는 거의 일기처럼 편지를 보냈어.

"사랑한다. 널 그리며 오늘도 산다. 자나 깨나 나라 사랑, 그리고 당신 사랑."

그 힘으로 그이의 군 복무 27개월을 기다렸던 것 같아.

그 힘으로 암담했던 30개월간의 병원 생활도 이겨냈잖아.

그러고 보니 그때 받은 사랑과 정성은 그이와 함께한 병원 생활로 다 갚았네.

하지만 난 여전히 그 힘으로 지금까지도 사는 거겠지.

나 또한 그이를 그리워하고 건강하기를 간절히 바라며 내가 쓴 편지도 있어.

시간이 많이 흘러 빛이 바랜 듯하지만 아름다운 시간이었네.

느티나무처럼 쉼이 필요하면 언제든지 나에게 바람과 그늘을 만들어 주었던 사람.

햇살처럼 밝은 미소로 가슴까지 따듯하게 해 주던 사람.

다정한 목소리로 잘 지내고, 곧 보자고 인사하던 늘 보고 싶었던 사람.

이렇게 보낸 시간이 현재 우리의 모습을 만든 원천일 거야.

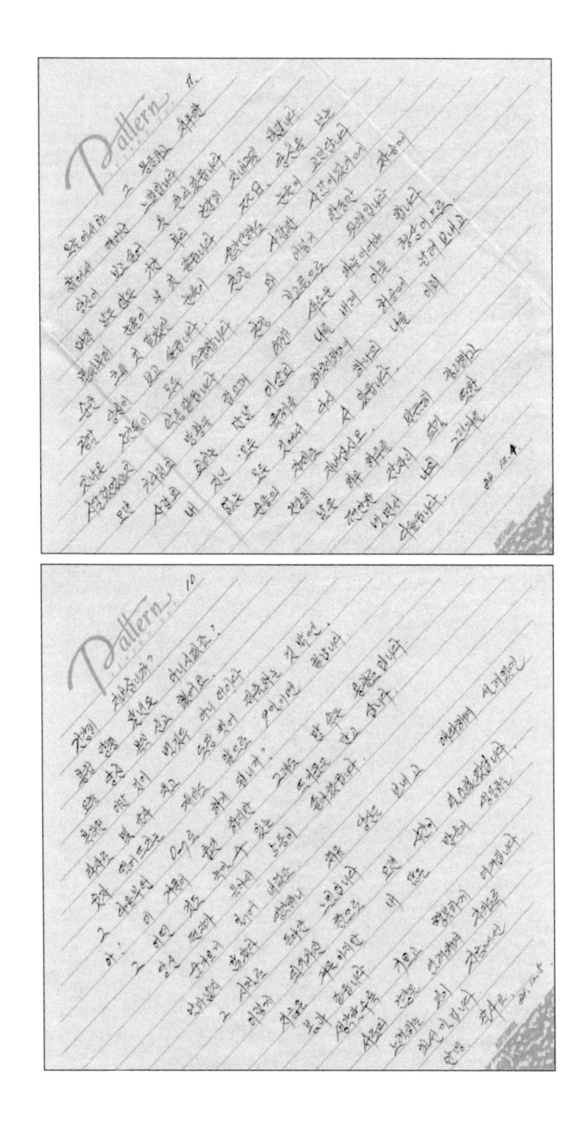

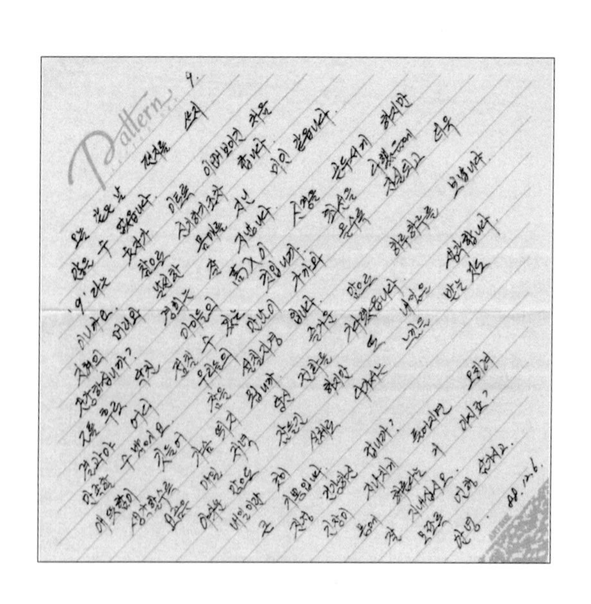

감사해 9

17살 되던 아들의 생일에 남편이 했던 말이 있어.

"아빠 아들 해 줘서 고마워. 아빠가 돈을 못 버니까 용돈은 못 주지만, 아빠가 많이 사랑하는 거 알지?"

아들도, 나도 가슴이 먹먹해지더라.

표현은 잘 못 하지만 아버지로서 해 주지 못한 것들에 대한 아쉬운 마음은 있었나 봐.

아들이 나랑 한참 갈등을 겪던 때, 아들은 나와는 말 안 해도 아빠랑은 이야기했다고 하더라. 가끔 아들이 친구 집에서 자고 오면 난 꾸지람부터 하는데 남편은 언제나 묻는 말이 있었어.

"지금 오니? 밥 먹었니?" 그이는 아이한테 "그건 하지 말아라. 이거 해라." 어떤 것도 강요한 적이 한 번도 없었어. 가끔 학교 업무로 내가 늦게 올 땐 함께 바둑도 두고, 역사 속 인물 이야기도 나누며 아빠한테 배우는 게 있었다고 하더라. 둘 사이의 끈끈함은 내가 생각하는 것보다 강력했나 봐. 난 남편의 부족한 부분이 먼저 보이고 아들은 내가 만들어 놓은 기준에 미치지 못해 허전하고 불안했는데, 아빠와 아들은 기준도, 부족함도 없고 격의 없는 부자였다는 것에 감사해.

남편한테 아들은 무엇으로 느껴질까 궁금했어.

"당신한테는 아들이 어떤 의미야?"

"코랑 입이랑 나 닮은 분신."

"나는 내 심장. 아이가 몸과 마음이 건강하면 내 심장도 편안하거든."

어느 부모나 자식은 다 사랑스럽고 소중하겠지만, 우리에겐 정말 특별한 아이야.

아이가 어릴 땐 남편이 아프고 정신적으로도 여전히 어린아이 같을 때였으니까 아버지의 역할에 대해 생각할 수도 없고 기대도 없었잖아. 아버지가 아들에게 정신적 지주 역할을 해 줄 수 없으니 아버지의 부재에 대해 내가 할 수 있었던 것은 기도밖에 없었어.

"하나님. 우리 아이가 아버지의 부재를 느끼게 될 때 저는 할 수 있는 것이 없어요. 우리 아이에게 아버지가 되어 주세요. 아버지로부터 받는 지지와 격려, 신뢰를 알게 해 주세요. 세상의 아버지와 나누지 못하는 것들을 하나님 아버지와 소통하며 위로받게 해 주세요."

URGENT
For a Darling

감사해 10

남편의 왼편 마비를 치료하기 위해 퇴원하고 12년쯤 후에 보훈 병원에 입원했던 적이 있어. 팔과 다리 마비가 심해서 걷거나 움직이는 데 어려움이 많았거든. 사고 후 시간이 많이 흘렀지만, 집중 치료를 받으면 호전될 가능성이 있다고 하니 4주 정

도의 병원 생활을 다시 시작했지. 하나님은 나에게 출근과 육아까지 다 감당할 만한 의지와 건강을 주셨기에 은혜로 견뎌낼 수 있었어. 남편은 팔은 여전히 쓸 수 없었지만, 다리의 마비는 전보다 더 완화되어서 퇴원해서도 운동을 좀 더 적극적으로 할 수 있었지. 그 뒤로도 꾸준히 운동하면서 지팡이에 의지해 혼자서 걷는 정도는 유지할 수 있었어.

그러다가 한 번 더 입원한 일이 생겼어. 아이가 수능을 치르고 며칠 지나지 않아 눈이 제법 온 날이었는데 아파트 현관 바닥이 눈과 빙판으로 미끄러웠나 봐. 남편이 복지관에 다녀오다가 미끄러지면서 엉덩이뼈에 금이 가는 사고가 생겼어. 밤새 아팠을 텐데 말을 안 하고 참고 있다가 아침이 되니 움직이지 못하는 사태가 벌어졌지. 응급실을 통해 또 한 번 입원하게 되었어. 엉덩이뼈라 깁스도 안 되고 걸어 다니지도 못하는 난감한 상황을 또다시 겪어야 했지.

출근하고 저녁에 병원으로 퇴근하고 주말에 병실을 지키고…. 또다시 시련이 시작되었으나 여전히 하나님은 내게 이겨낼 힘을 주시더라. 밤 10시부터는 아들이 다음 날 내가 퇴근할 때까지 아빠 간병을 했는데 열흘쯤 지나니까 이렇게 말하더라.

"아빠가 처음 사고 난 이후로 병원에서 2년 이상을 보호자 침대에서 엄마가 자고 출근했다는 것이 대단하게 느껴져요. 난 이렇게 며칠만 지냈는데도 너무 힘들고 집이 그리운데, 엄만 어떻게 살았어요?"

그 뒤로 아이가 부쩍 성장한 것 같더라. 그렇게 2주 동안 병원 생활을 하고 돌아왔을 땐 남편은 이미 예전의 몸이 아니었어. 팔은 당연히 못 쓰는 상태고 바로 서는 것부터 두 발로 딛는 것까지 모두 새로 시작해야 할 만큼 몸은 불편했고 걷는 것을 두려워했어. 아팠으니까 그랬을 거야.

거의 두 달을 집 안에서 갇혀 지내는 남편이 안

쓰럽기도 했지만, 좁은 집 안에서 움직이지도 못하고 누워 있는 모습은 25년 전 절망의 그 순간을 다시금 소환했지. 그러나 좌절하지 않았어. 낙심하지도 않았어. 또다시 재활 치료를 시작했고 석 달쯤 지나니 다시 부축해 가며 천천히 걸을 수 있게 되더라.

도와주는 사람이 있어야 복지관도 가고 수영도 할 수 있는 상태였는데 동사무소에 활동 보조원 신청을 할 수 있다는 걸 알게 되었어. 처음 사고 이후부터 지금까지의 모든 진료 기록과 현재의 뇌 사진, 의사의 소견서까지, 신청 과정이 매우 복잡하더라. 의사가 MRA 뇌 사진을 보고 "이 정도로 걸어 다니고 말할 수 있다는 건 거의 기적이네요."라고 말하더라. 그래서 당연히 활동 보조 등급이 나올 줄 알았는데 등급이 나오지 않았어. 조금 실망했지만, 그래도 이후로 장애인 콜택시를 이용할 수 있어서 그나마 다행이더라. 내가 전화를 해 주면 집에서 준비하고 있다가 콜택시를 타고 복지관으로 갈 수 있었으니까.

두 번이나 넘어지면서 겪었던 사고는 더 호전될 수 있었던 남편의 몸 상태를 퇴보시키는 요인이 되었지만, 지팡이에 의지해서라도 아주 조금씩 천천히 걷고 시간이 오래 걸리더라도 활동하고 싶은 곳으로 안전하게 이동할 수 있는 것은 다행이고 감사한 일이야.

URGENT
For a Darling

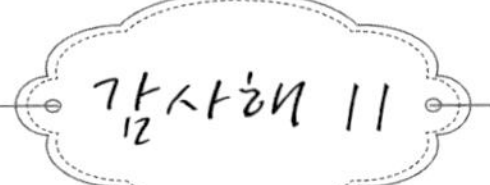

요즘 남편은 새벽 5시면 일어나 조용히 기독교 방송을 틀어 놓고 귀를 기울여서 듣고 있어.

성경도 읽고 찬송도 들으면서 하루를 시작하지. 내가 깰까 봐 아주 조그맣게 소리를 줄여서 들어. 울어도 울지 말라고 할 줄도 모르고, 세상 물정 모르는 어린아이 같았는데 이젠 배려심이 넘치는 따듯한 사람으로 제 모습을 되찾았다고 할까. 원래 심성이 착하고 긍정성이 뛰어난 사람이라서 대부분의 눈을 뜨고 있는 시간에는 늘 행복한 사람처럼 보여.

특별히 마음 쓸 일도, 노동할 일도 없으니 나의 잔소리를 듣는 시간 외엔 스트레스가 없을 거야. (내 생각이야)

남편은 아침마다 꼭 하는 일이 있는데, 바로 성경 필사를 하는 거야. 무엇보다도 감사한 '성경 쓰기'는 아들의 미래를 위한 기도이자 아들이 결혼할 때 전해주고 싶어서 쓰기 시작한 것인데, 시작한 날부터 한 번도 쉰 적이 없는 일이지. 사고 이후로 예수님을 믿게 된 직후에도 성경을 한 번 쓴 적이 있었어. 그땐 쓴다는 것만으로도 기적이란 생각이었으나 요즘 하는 성경 필사는 특별한 은혜가 있어. 하나님과 소통하고 말씀이 살아 있음을 깨닫는 은혜를 남편과 함께 누리고 있으니 말이야. 성경을 쓰면서 기도하고, 묵상하고 그 가운데 성령께서 주시는 놀라운 마음의 감동을 남편이 누릴 수 있게 되길 기도해.

날마다 하는 일 중의 또 하나는 설거지와 쌀 씻기야. 날 돕는다며 한 번도 거른 적이 없지. 가끔 그릇들을 다 꺼내서 내가 다시 씻긴 해도, 훌륭하고 참 고마운 일이잖아. 눈이 많이 오거나 비가 오는 날을 제외하고 매일 출근하듯 가는 곳도 있어. 바로 복지관인데, 남편은 복지관에 가서 컴퓨터로 기본적인 문서 작성도 배우고 영어 회화, 노래 교실에 다니며 자신의 좋은 에너지를 잘 사용하고 있지. 일주일에 두 번은 주변의 도움을 받아 수영도 하는데 풀에서 벽을 잡고 겨우 걷거나 떠 있는 정도이지만 꾸준히 하는 일이야.

오래 걸어 다니는 것은 여전히 불편해서 1~2시간씩 기다려야 하는 장애인 콜택시를 이용해서 집과 복지관을 오가긴 하지만 인내심을 발휘하며 잘 기다려서 타고 다니니 그것도 감사한 일이지.

오랜 세월 고여 있던 눈물, 숨겨져 있는 상처와 아픔 그리고 속으로 삼키는 한숨과 나의 작은 신음에도 귀를 기울이시는 주님을 바라보면서 더 이상 서럽지 않음을 고백합니다. 변하지 않는 사랑으로 나와 동행하시는 주님을 신뢰합니다. 지금 흘리는 나의 눈물은 감사와 기쁨의 눈물입니다.

고마워

URGENT
For a Darling

고마워 1

어릴 때부터 내 꿈은 교사가 되는 거였어. 아버지의 영향을 가장 많이 받았지.

아버지가 초등학교 선생님이셨는데, 나는 아버지가 근무하시는 학교에 많이 따라다녔어.

첫 딸이라 유난히 나를 예뻐하시고 이곳저곳 데리고 다니셨나 봐.

초등학교 입학하기 전에 청강생으로 1학년 교실에 넣어 놓으셨는데 며칠을 잘 다니더니 안 가겠다고 울더래. 이유를 물으니 "내 이름을 안 불러주셔. 다른 친구들은 이름을 부르면 '네.' 하고 대답하는데 나는 못 해."라고 하더래. 그 뒤로 이름을 불러주라 했으니 이제 대답할 수 있다고 가 보라고 하셨다는데 난 절대 안 갔대. 은근히 고집도 있었나 봐.

아버지는 젊은 시절엔 공기총으로 새를 많이 잡으러 다니셨어. 그 덕에 참새고기도 많이 먹었지. 아버지를 쫓아다니는 재미가 참 좋았어. 한번은 아버지가 나를 자전거 뒤 의자에 앉혀서 친구 집에 가시다가 시골길 도랑으로 빠지는 바람에 깜짝 놀란 적이 있었거든. 크게 다친 것도 아니었는데 그 뒤로 아버지 자전거엔 절대 안 탔을 거야.

주로 시골 학교에 근무하신 덕분에 나도 자연과

더불어 살며 꿩, 토끼, 개, 닭 등을 집에서 키우고 또 잡아 주시면 맛있게 먹으며 천진난만하게 성장했어.

아주 재미난 기억 하나가 있는데, 시골 학교에서는 누에도 키웠거든. 나는 누에에게 뽕잎을 따다 먹이고 꼬물거리는 누에를 신기하게 바라보곤 했지. 아버지의 제자 중 한 남자아이가 나를 놀리려고 누에 먹는 흉내를 냈는데 진짜 먹는 줄 알고 너무 놀라서 줄행랑을 친 적도 있었어.

조금 커서는 춘천 샘밭이라는 곳에서 살았는데 소양강 댐 아래 콧구멍 다리에서 동생들과 다슬기도 잡고 멱도 감곤 했었지. 잡은 다슬기를 된장을 풀어서 엄마가 끓여 주시면 꼭지를 이빨로 깨물어서 버리고 쪽쪽 빨아서 돌려가며 바늘로 파먹었어. 그 기억과 추억이 입덧할 때 떠오르더라.

부모님은 아웅다웅, 투닥투닥 하는 4남매를 자유롭게 키우시며 공부하라고 강요하지 않으셨는데, 4남매 중에서도 알아서 공부하고 제 앞가림하는 첫째인 나를 가장 신뢰하셨던 것 같아. "믿는다. 자랑스럽다." 하셨던 아버지의 격려는 어려운 일을 이겨내는 나의 인내심을 유지하게 해 주었고, 어머니의 칭찬은 나의 책임감을 더욱 강력하게 키우셨지. 그리고 맏이라서 그랬을까, 나는 내가 동생들에게 본이 되어야 한다는 생각을 하면서 성장한 것 같아.

아버지는 근무하시던 학교 텃밭에서 배추며 무, 파 등을 수확하면 동료 선생님들께 나눠주시고 집에는 조금 가져오셨어. 좋은 것은 이웃과 항상 나누시고 또 남에게 주는 것을 좋아하셨던 모습을 보고 자라서 그런지, 어른이 된 내 모습에서 아버지를 발견하곤 해.

지금 아버지는 팔십을 바라보는 연세에도 작은 텃밭을 일구어 오이며, 호박을 보내주시고, 열무를 다듬어 김치를 담가서 보내 주시는 나의 평생의 지지자야. 부모님은 작은 것을 드려도 항상 고맙다고 하시고, 큰딸 없었으면 어쩔 뻔했나 하시면서 나의 자존감을 한껏 높여 주시지. 우리 부모님께 나는 그때나 지금이나 큰딸 이상일 거야.

URGENT
For a Darling

고마워 2

부모님은 내가 그이를 입대하기 전에 사귀는 사람이라고 소개하니까 탐탁지 않아 하셨어.

그 나이에 아직 군대도 안 다녀왔냐고 하시면서 건성으로 인사만 받으시더라.

"스물여섯이나 됐는데 왜 아직 군대엘 안 갔나?

진작에 좀 다녀오지. 늦게 입대해서 훨씬 어린 사람들하고 어떻게 잘 지낼 수 있겠나?" 핀잔 반, 걱정 반으로 말씀하시더라고.

그이가 군 복무 중에 나의 부모님께 안부 인사며 근황을 여쭙는 편지를 여러 번 써서 보냈는데도 여전히 마음을 열어 주시지 않더라. 과연 2년 이상을 만나겠나 생각하신 것 같았어.

'군에 간 사람 기다리는 것이 뭐 쉬운가. 그사이에라도 다른 사람을 만날 수도 있으니 눈에서 멀어지면 마음에서도 멀어지겠지' 하는 마음이셨나 봐.

가끔 물으시더라. "결혼할 거니?"

그렇게 27개월을 기다리며 나는 면회를 다니고 그이는 휴가를 나오면 우리 집에 와서 인사드리며 그렇게 결혼은 기정사실이 되었어.

제대 1개월 전에 그가 복직 신고를 하면서 결혼식 전에 혼인신고를 하겠다고 부모님께 말씀드리니까 아버지가 화를 내셨어. 아직 제대도 안 한 녀석을 뭘 믿고 혼인신고 시키겠냐고. 그래도 몇 날 며칠을 설득하려고 애썼지. 아버지도 교직에 계셨으니 충분히 아실 텐데도 얼마나 완고하신지, 절대 안 된다고 반대하시더라.

혼인신고가 되어 있으면 서로 가까운 근무지에 배치될 수 있으니 미리 하려는 건데 안 된다고 하시니 어쩌겠어. 무릎 꿇고 2시간을 울었어. 자식 이기는 부모 없다고 결국은 허락하셨지.

그렇게 우리는 1988년 11월에 혼인신고를 했어. 12월에 그의 복직 신고를 하고 다음 해 2월에 결혼했어. 남편은 3월 1일에 시흥에 있는 모 고등학교로 발령을 받았어.

수원에서 시흥까지 출근하기에는 시간도 오래 걸리고 거리도 멀어서 같은 학교에 근무하시는 선생님과 카풀을 했는데 5월에 사고가 난 거야.

복직하고 겨우 2개월 정도를 교직에 있었네.

남편 학교의 학생들은 그이에게 〈닥터 지바고〉의 '오마 샤리프'라는 별명을 지어주었다고 하더라. 아마도 눈이 크고 눈썹이 짙어서 그렇게 지어준 것 같았어. 교사로서는 군에 가기 전 6개월과 복직 후 2개월, 모두 1년이 채 안 되는 생활이었지만, 그의 기억에는 행복한 일만 남아 있는 것 같더라.

고마워 3

사람이 의지로 할 수 있는 일은 얼마나 될까?

나는 좋거나 싫은 일도, 불편한 일도, 또 손해든 이익을 얻는 일이든 그이가 사고로 누워 지내면서 무엇이든 혼자 해야 했거든.

이사할 집을 알아보고 계약하는 것도, 자동차

를 사야 할 때도, 화장실에 문제가 생겨도, 그리고 못질 하나도 내가 어떻게든 손을 써야 했어. 그러면서 혼자 매사를 처리하는 습관과 편협함이 생겼지.

친정 일, 시댁 일도 다 혼자 결정하고 해야 할 것도, 안 해도 되는 것도 내가 결정하고 하고 싶은 대로 했어. 겉으로는 다른 사람의 도움 없이도 일을 잘 처리하는 사람이고 씩씩해 보였을지도 몰라. 겉모습은 평화로우나 물밑에선 엄청나게 발질하며 허우적거렸는데 남들 모르게 했지.

그러면서 난 더 단단해져야만 살 수 있었고, 무슨 일이든지 실수 없이 처리하기 위해 매사에 철저히 하려고 애썼어.

그런데 그이의 갑작스러운 사고로 사람이 죽고 사는 것이 별거 아니라는 생각과 삶에 있어서 돈도 별로 의미 없다고 생각하게 되니까 내 삶에 구멍이 생기는 줄 모르고 살았지.

경제관념이 없어지더라. 계획이나 규모 없이 그

냥 소비하는 성향도 생기고.

그렇다고 사치스럽게 물건을 사거나 한 것은 아니야. 난 그 흔한 보석 반지도, 명품 가방도 없거든.

어렸을 때부터 용돈을 차곡차곡 모아 작은 것이라도 부모님께 선물 사 드리고, 첫 발령을 받은 이후부터 알뜰하게 적금 부으며 근검절약하는 생활을 했었는데 그의 사고 소식이 나를 변하게 했던 것 같아. 그렇게 한 25년을 살았네. 아들이 군에 입대할 때까지 그 구멍은 습관이 되어 있더라고.

그렇지만 그러한 과정조차도 감사해. 사소한 것을 사더라도 다른 이와 나누고 욕심내지 않고 살면서 삶의 에너지를 얻었거든. 내 주머니를 열어 두어도 행복했어. 기뻤어. 큰 것은 아닐지라도 주변의 지인들과 함께 공감하고 즐거움을 나눌 수 있었던 세월이 나를 지탱하게 하는 원천이기도 했으니까.

적은 도움이지만 아프리카의 굶고 병든 아이들의 부모가 되어 주기도 했고 갑자기 열악해진 가정 사정으로 학교생활이 어려워진 담임 반의 학생에게 장학금도 몰래 주면서 감사한 마음으로 살았으니 절대 후회할 일 없지.

그러나 선한 의지는 약하고, 부러지기 쉬운 것이라 억압받는 스트레스를 물질로 풀어내는 건 한계가 있더라.

사고 후 몇 년쯤 지났을까, 나는 내 힘으로 울며 불며 어떻게든 해 왔던 것들이 너무 익숙해져서 시들하고, 힘들어서 지쳐있었어. 산다는 게 참 부질없구나. 그러면서 죄책감, 미안함, 슬픔, 책임감 이러한 감정들로 겨우 숨 쉬고 있다가 특별한 분을 만나게 되면서 내 삶도 변하기 시작했지.

고마워 4

이제까지 살면서 가장 큰 축복은 하나님의 사랑을 알게 해 주고 거듭난 생명으로 살도록 도와준 사람을 만난 거야. 때때로 기분이 저 밑바닥으로 떨어지고 우울함에 시달릴 때가 많았는데, 하나님 은혜 아니면 어찌 지금까지 살았겠나 싶어.

1993년에 전근 간 하남에 위치한 중학교에서 만난 그 선생님은 아프고 고통스러운 내 이야기를 듣고 목사님 말씀 테이프를 선해주며 함께 기도해 주었어. 고된 삶을 덤덤하고 무심하게 말하는 내 이야길 듣고 애잔하더래.

목사님 말씀 테이프를 한두 개씩 전해 주면서 출퇴근길에 오가며 들어보라고 하더라.

처음엔 말씀 테이프를 받아도 잘 듣게 되진 않았어.

난 많이 지쳐있었고, 바빠서 잊어버리기도 하며 별로 관심 있어 하지도 않았거든.

수원에서 하남까지 출퇴근이 만만하지 않았고 남편과 학교 일만으로도 충분히 지쳤으니까. 일요일엔 오로지 쉬어야 한다는 생각밖에 없었어. 그런데 전해 주는 테이프를 받았으니 듣긴 해야지 하는 책임감이 들더라.

출퇴근길에 듣다 보니 마음이 조금씩 열리고 눈물이 나기 시작하더라고.

그리고 함께 기도하면서 알게 된 것은 '하나님이 나를 사랑하신다'는 거였어. 이럴 수가. 그 선생님의 입을 통해 전해 주는 "너의 고통과 수고를 기억하며 천국의 상급이 크도다."라는 그 말씀이 얼마나 위로가 되는지. 그리고는 걷잡을 수 없는 뜨거운 눈물이 흐르더라. 33년 동안 난 하나님을 모르고 살았는데 내가 알기 전에도 날 먼저 사랑하셨다니. 지난 4년간의 슬픔이 치유되면서 상처 나고 푹 파인 어두운 마음에 새 살이 조금씩 돋더라.

나의 사소한 문제와 어려움도 의논하고 도움을 주셨던 선생님은 이후로도 지금까지 쭉 구역장님이셔. 날 위해 눈물로 기도해 주시지. 정말 고맙고 아름다운 사람이야.

하나님은 내가 좌절하고 고통스러울 때마다 은혜로 이겨내게 하셨고 구역장님을 내 곁에서 돕는 자로, 영적 안내자로 세우셔서 격려하고 지지해 주셨지.

하남으로 오면서 지역도, 사람도 낯선 학교에 한문과 대학 동창과 같이 발령이 났어. 친구 덕분에 안심도 되고 새 환경 적응에도 도움이 되었지.

한문 교과는 수업 시수가 적어 한 학교에 발령받아 함께 근무하기 어려운 시절인데 대학교 동창이었던 친구와 함께 근무하게 되었어. 그 친구도, 나도 집이 수원인 데다 같은 학교에 발령받았으니 친구가 하남으로 이사 오기 전까지는 함께 출퇴근도 했었어. 젊은 시절 그 친구도 아픔을 겪었기에 서로의 고통을 너무나 잘 알았거든. 동병상련인 거지. 그래서 더욱 사랑하고 격려하며 지금까지 가까운 곳에 살면서 서로에게 힘이 되어 주니 정말 감사해. 하남 이후로 함께 근무하지는 않지만, 가정의 대소사를 나누며 가족처럼 지내. 나를 인정해 주고 지지해 주는 믿음 좋은 친구지.

수원에서 근무한 9년이 특지 만기였기에 전혀 희망하지 않은 하남이라는 곳으로 오게 되었지만, 생각해 보면 그것도 하나님의 뜻이었다고 생각해.

구역장님과 사랑하는 친구를 만나 서로에게 힘이 되게 하시고 은혜로 모든 일을 나누고 극복하게 하셨지. 이렇게 하나님은 날 버려두지 않으시고 세심하게 하나하나 인도하시고 축복하셨어.

URGENT
For a Darling

구역장님은 학교에서 없는 시간을 쪼개 내 손을 잡고 말씀도 전해 주고 자주 기도해 주셨어. 그러던 중에 기도 제목 3가지를 놓고 40일 작정 기도를 시작했어.

기도 제목 3가지는 다음과 같은 제목이야.

첫째, 서울로 이사 오는 것. 하남이 직장이니 서울로 오면 출퇴근 거리도 줄고 남편에게 좀 더 시간을 할애할 수 있으니까.

둘째, 아이가 있으면 좋겠다는 것.

셋째, 남편이 혼자서 걸을 수 있게 되는 것.

이 세 가지를 놓고 기도하고 말씀을 읽으면서 눈물이 흐르는데, 전에 흘리던 설움 가득한 눈물과는 다른 뜨거운 눈물이 흐르더라.

구역장님의 도움으로 40일 작정 기도가 끝나갈 무렵에는 "주 예수를 믿으라. 그리하면 너와 네 집이 구원을 얻으리라."라는 말씀을 우리 가정에 주셨어.

그리고 몇 개월 후에 서울로 이사할 수 있는 여건이 마련되었지. 그때는 사실 경제적으로 서울에서 전세를 얻을 수 있는 형편이 아니었거든. 오직 기도하면서 마련할 방법을 구역장님을 통해 세심하게 알게 하시고 인도하셨어. 하나님은 우리 집의 가정 경제까지 살피고 도와주시는 최고의 아버지였지. 서울로 이사 오던 날 우리 가정에 주신 말씀 액자를 들고 방문했던 구역장님의 모습을 잊을 수가 없네.

이후로 기도 제목 세 가지가 다 이루어졌어.

내 힘으로는 할 수 없는 일이었는데 곁에서 함께 기도하면서 세밀하게 인도해 주신 구역장님이 없었다면 불가능한 일이었을 거야.

다음 해 여름쯤 서울 강동구 고덕동으로 이사하고 명성교회 9월 새벽 특별 집회를 나가게 되었는데 그 새벽의 모습은 입이 떡 벌어질 정도의 장관이더라. 파도에 휩쓸려 다니듯이 사람 물결 속에서 무엇인지도 모르고 따라다녔어. 이사 올 수 있었던 것도, 이 새벽에 일어나 교회에 와서 앉아 있다는 것도 모두 은혜였지. 이후로 교회 생활을 잘할 수 있도록 기도해 주시고 영적으로 성장할 수 있도록 다양한 곳에서 돕는 자들을 주변에 두셨던 것도 참 감사해.

나는 퇴근하고 집에 오면 남편과 네발 지팡이를 잡고 밖으로 걷는 연습을 다녔어. 보통 사람 걸음으로 5분 거리를 남편과는 30분씩 걸어야 했고 아파트 한 동을 한 바퀴 돌아오는 데 1시간씩 고생하며 걷기를 몇 달 하니 걷는 속도가 조금씩 붙더라. 그래도 혼자서 걷기까지는 많은 시간이 걸렸어. 그럼에도 불구하고 노력을 거듭하여 땀과 눈물의 시간이 흐르니 남편이 혼자 조금씩 걷게 되더라. 회복되면서 움직이는 거리가 늘어나니 남편도 함께 교회에 다닐 수 있게 되었어. 그러면서 1995년 4월에 세례를 받았는데 그달에 아이를 선물로 주셨어. 세 가지 기도 제목에 대한 응답을 모두 받았잖아.

참 신기하고 놀라운 일이지.

이 기쁨과 감사를 편지로 써서 우리 교회 김삼환 목사님께 드린 적이 있었어.

새벽 기도 마치고 나오실 때를 기다려 로비에서 수줍게 인사 올리고 목사님께 드렸지. 갑작스럽고 생뚱맞은 행동에도 인자한 얼굴로 웃으며 받아 주시더라. 그리고 몇 주가 지나 주일 예배에서 나의 이야기를 언급하셨다고 들었지. 주변에서 내 생활을 잘 아시는 집사님들이 많았으니까 내 얘긴 줄 바로 아시고 나한테 전해 주시더라고. 목사님이 나를 위해 기도하셨구나 생각하니 얼마나 기쁘고 행복했는지 몰라.

무거운 짐을 홀로 지고 견디다 못해 쓰러진 나를 불쌍히 여겨 주셨고, 어둠 속에서 갈 곳을 몰라 방황하던 영혼은 완전한 사랑인 하나님의 은혜로 새 생명을 얻었지.

이렇게 나는 하나님의 뜨거운 사랑 고백을 받으며 하나님의 자녀가 되는 축복을 누리게 되었어.

> 야곱아 너를 창조하신 여호와께서 지금 말씀하시느니라 이스라엘아 너를 지으신 이가 말씀하시느니라 너는 두려워하지 말라 내가 너를 구속하였고 내가 너를 지명하여 불렀나니 너는 내 것이라(이사야 43:1)

URGENT
For a Darling

고마워 6

아이를 선물로 주신 그날, 너무 기뻤지만, 부모님께 말씀드리기가 좀 어렵더라. 왜냐하면 "네 남편 하나도 힘든데, 아이까지 어떻게 키울래?" 하실 것 같았거든.

혹시라도 축복받지 못한 아이가 될까 봐, 5년 전

에 스러진 생명처럼 그리될까 걱정스러움에 말씀드렸는데… "축하해. 잘했구나. 몸은 괜찮아?" 하시는 거야. 우리 엄마가 그리 말해 주니까 뛸 듯이 기쁘더라.

아이를 낳고 싶다고 했을 때 "아들을 원해요? 딸을 원해요?" 하면서 구체적으로 기도하자고 구역장님이 그랬거든. 그땐 남편을 위해서 아들이 있으면 좋겠다고 생각했어. 크면 아빠를 도와줄 수 있을 것 같아서 하나만 주신다면 아들이 필요하다고 했지. "아들 주세요. 하나님." 진짜 구체적으로 기도했어.

입덧이 심해서 한 3주는 아무것도 못 먹고 지냈어. 그리고 찐 감자만 입에 맞아서 겨우 그것만 먹으며 버텼지. 여름이 오면서 파란 아오리 사과가 시장에 나오던 날, 혼자 가서 사 먹으며 행복해했어. 그리고 어릴 적 먹었던 다슬기가 너무나 먹고 싶어서 엄마에게 부탁드렸더니 그 옛날 그 맛으로 끓여 주시더라. 보통 사람들은 아내가 임신하면 먹고 싶다는 것을 남편이 사다주고, 투정 부리면 받아주고 하겠지만 나에겐 아예 일어나지 않는 일이니까 기대한 적도, 아쉬워한 적도, 남을 부러워해 본 적도 없었어. 쓸쓸한 마음이 생기지 않도록 더 큰 기쁨으로 채워 주시던 하나님이 계셔서 행복했어.

남편이 편마비로 근육 이완제를 먹고 있다가 "아들 주세요."라는 기도를 하면서 잠시 복용을 중단했었거든. 그래도 아이에게 영향을 미칠까 봐 걱정을 많이 했었는데 임신 5개월 정도쯤 되었을 때 기형아 검사를 한 적이 있었어. 결과를 기다리면서 순간순간 두려움에 휩싸이기도 했지. 검사 결과를 기다리는 중에 전화기 너머로 결과 중 하나가 이상이 있다면서 간호사들끼리 주고받는 이야기가 들리는 거야. 그러면서 기다리는데 정말 눈앞이 깜깜하고 두렵더라.

한참 후에야 문제없다는 소리를 듣고 가슴을 쓸

어내렸지.

순간순간의 두려움을 여러 번 겪었으나 그때마다 하나님은 말씀으로 나를 편안하게 하셨어. 다행히 별문제 없이 아이는 은혜로 잘 자랐고 다음 해인 1996년 1월에 세상의 빛을 보았지.

"아들이에요." 그 소리를 듣자마자 바로 "손가락, 발가락 10개씩 있어요?"라고 물어보았어. 가장 먼저 했던 질문이야. 건강하게 태어나 줘서 감사했어. 남편은 와 보지도 못했지. 그때 남편은 무슨 생각을 하고 있었을까? 아들이 태어났다는 걸 기억은 하고 있을까?

신생아 황달 때문에 아기를 인큐베이터에 놓아둔 채 혼자 퇴원하면서 펑펑 울었어. 자그마한 녀석을 홀로 외롭게 두고 오는 것 같아서 얼마나 속이 아팠는지 몰라. 일주일 후에 하나님이 주신 귀한 선물을 집으로 데려왔고 친정엄마랑 한 달 정도 함께 지냈어.

사소한 것도 엄마가 다 해 주시다가 가시니까

얼마나 허전한지 그날 바로 우울감이 몰려오더라. 그동안 눌러왔던 설움이 한꺼번에 다시 터져서 눈이 퉁퉁 붓도록 종일 넋을 놓고 울었지. 다시 출근할 때까지 산후 우울증을 조금 앓았던 거 같아.

남편을 수발하며 아이도 키우려니 애 둘을 혼자서 동시에 키우는 것 같았어.

그렇게 살면서 매사를 혼자 처리한다는 것이 부담되기도 하고 불안하기도 하고 힘에 부칠 때가 많더라. 기도와 말씀으로 단단해지는 것 같아도 때때로 넘어지고 또 넘어지는 것이 나라는 인간인가 봐.

'하나님께 맡겨요. 내려놓을게요. 어떻게 할까요?'

해야 하는 것을 머리로는 알아도 영적으로 어렸던 시절이라 더 힘들었던 것 같아. 힘을 빼지 않고 내가 해야 한다고 생각했지. 기도할 땐 걱정, 문제 보따리를 풀어놓고 집에 돌아오면서는 다시 보따리를 싸 들고 와 나 스스로 힘껏, 내가 알아서 하던, 자아가 매우 강했던 시절이기도 했고.

내 입술은 "하나님이 함께하셔."라고 하면서도 내 마음에서 시키는 대로 할 때가 많았어.

겨우 숟가락이라도 잡게 되면 입에 들어가는 것보다 흘리는 게 더 많은데도 자기가 하겠다고 떼쓰는 어린아이와 다를 바가 없었지.

그렇지만 자신의 의지와 능력으로 하는 건 한계가 있다는 걸 알면서도 내려놓기까지는 많은 시간이 흘러야 하더라.

남편은 혼자서 움직이는 것이 힘들긴 해도 나와 동행하면서 교회 생활도 가능하게 되었고 원하는 장소에 데려다주면 앉아서 하는 활동은 가능했기에 예전의 모습에 비하면 기쁘고 좀 더 나아질 것이라는 기대와 소망이 있었어.

가끔은 남선교회에 참석하기도 했었는데 그날은 각 가정에서 약간의 음식들을 준비해서 부부동반 기도회가 있던 날이야.

열 분이 부부 찬양을 드리는데 참 아름답고 보기 좋더라. 그런데 내 눈에선 걷잡을 수 없이 눈물이 흐르더라고.

남편은 목소리도 정확하지 않고 음이 맞지 않아 찬양은 할 수가 없으니 '하나님은 저 아름다운 모습을 내게는 허락하지 않으시는구나' 하는 생각으로 남몰래 눈물을 닦고 있는데 이어서 목사님이 당신의 두 딸아이 얘기를 하시더라. 큰딸이 감기에 심하게 걸려서 감기약을 끼니마다 먹였대. 작은 아이가 그걸 보고는 감기약을 먹겠다고 생떼를 쓰더라는 거야. 아무리 아이가 예뻐도 감기도 안 걸린 아이한테 무슨 감기약을 먹이냐는 거지.

그 말씀을 듣는 순간 '남편과 함께 남들 앞에서 찬양하는 것은 내게 주시는 은혜가 아니구나'라는 생각이 들더라.

시간이 흐르며 계속 다람쥐 쳇바퀴 돌 듯 같은 생활을 하고, 허전함과 함께 '이제 더 이상 회복은 안 되는 걸까?' 하는 실망감이 스멀스멀 내 마음을 잠식할 때가 자주 있었지.

어느 날 기도원에 간 적이 있었는데 서럽게, 아주 서럽게 울며 기도했어.

"난 남편이 있어도 없고요. 혼자서 뭐든 다 해내야 해서 너무 지쳤어요.

난 사랑도 못 받는 여자예요. 하나님! 난 정말 외롭고 힘들어요.

이젠 더 어떤 것도 못 하겠어요. 날 버리세요."

주변의 어떤 소리도 안 들리고 오직 나의 부르짖는 울음소리만 내 귀에 있더라.

그렇게 한참 내 설움과 슬픔을 쏟아내는데, "사랑하는 딸아, 내가 너를 사랑하는데…. 사랑하는 딸아, 내가 너를 사랑한다. 세상 끝날까지 내가 너와 함께하리라." 하는 말씀이 내 마음 안에 가득 퍼지더라. 눈물, 콧물 뒤범벅돼서 울고 있는데 내 마음이 따뜻해지면서 가득 차오르는 기쁨이 있는 거야.

날 사랑하는 하나님이 계셨지. 변하지 않고 사랑하시는 하나님이.

나는 때때로 넘어지고 흔들리고 변해도 영원히 변치 않는 하나님은 그 얼굴빛을 내게로 향하시고 축복하시길 원하신다는 참 위로를 받으며 또다시 회복했지.

그 후론 힘내서 씩씩하게 살았어. 때때로 쓸쓸함이 가슴에 스며들 때도 힘들다고 표현하지 않고 더욱더 꿋꿋하게 살아내려 노력했던 것 같아.

부부 찬양은 함께하지 못하지만, 누구보다 하나님을 순수하게 사랑하는 남편은 요즈음 찬양과 말씀으로 하루 중 앉아 있는 시간의 70%를 사용하지. 그 모습이 더 아름답다고 생각해. 참 고맙고 은혜로운 일이지.

고마워 8

직장인들이 2년에 한 번씩 받는 건강검진 있잖아. 그해에도 의무로 검진을 받았는데 재검사(재검) 판정이 나왔더라고. 평소 같았으면 시간도 없고 조퇴하기도 싫고 해서 안 했을지도 몰라.

그런데 참 신기하게도 재검을 받고 싶고 마침 쉬

는 날이 있어 병원에 갈 상황이 되더라. 초음파 검사를 받았는데 멍울이 잡혀서 조직 검사를 하고 왔어. 아무것도 모르고 걱정도 안 돼서 별생각 없이 일상적인 생활을 하다 결과를 들으러 간 날 의사가 묻더라.

좋은 소식과 나쁜 소식이 있는데 무엇을 먼저 듣겠냐고.

"좋은 소식이요."

"0기예요."

"네?"

"그건 좋은 소식이고, 나쁜 소식은 암이라는 거죠."

무척 당황했어. 무슨 그런 일이.

유방암인데 현재 상태로는 전이가 되어 보이진 않으니 다행이긴 해도 정확한 것은 수술을 해 봐야 알겠다고.

빠를수록 좋다는 수술 날짜를 대학원 마지막 시험 때문에 미루고 돌아오는데 심장만 두근거릴 뿐 실감이 안 나더라.

구역장님께 기도해 달라고 부탁하고 교회 기도실로 마구 뛰어갔어. 어떻게 갔는지도 모르겠는데 바닥에 앉자마자 눈물이 마구 쏟아지더라.

"하나님, 왜 그러세요. 제가 뭘 그렇게 잘못했는데요. 남편의 손발이 되어 주고, 시댁에 매달 생활비 보내 가며 섬겼는데 왜 암 수술까지 시키세요? 뭘 더 해야 하는데요. 얼마나 더 해야 하는데요?"라며 따지듯 서러움을 마구 쏟아냈어. 한참을 눈물, 콧물 흘려가며 눈이 붓도록 울고 돌아왔어. 그래도 또 꿋꿋하게 난 살아야 하니까. 정신 차려야 사니까. 마음을 진정시키고 별일 아니라는 듯 말했지.

"나 유방암이래. 3주 후에 수술하기로 했어."

남편은 물끄러미 바라보다 "수술해야 한대?" 하고는 더 묻지도 않고 무심히 있더라.

무슨 생각을 하고 있었을까? 나도 더 묻지 않았지.

수술이 결정되고, 하나님은 교구 목사님을 통해 이사야 41장 10절 말씀을 주시며 기도해 주셨어.

두려워하지 말라 내가 너와 함께 함이라 놀라지 말라 나는 네 하나님이 됨이라 내가 너를 굳세게 하리라 참으로 너를 도와주리라 참으로 나의 의로운 오른손으로 너를 붙들리라(이사야 41:10)

수술 날짜가 다가와도 구역장님과 기도하면서 마음이 편안하고 괜찮았는데, 막상 내일 수술하려고 입원해서 의사로부터 예상할 수 있는 최악의 상태에 대하여 듣고 수술 동의서에 사인하고 나니 불안해지더라.

기도도 했고 말씀도 주셨는데, 그래서 잘 참고 담담하게 있었는데 '내가 사라지면 남편과 아이는 어떻게 하지?' 하는 불안과 두려움에 마음을 뺏기니까 그땐 소용이 없더라. 눈물을 뚝뚝 흘리며 두려워하는 내게 구역장님이 그랬지. "의사는 항상 최악의 상태를 말해요. 교구 목사님을 통해서 하나님께서 말씀도 주셨잖아요. 둘 중 선택은 집사님이 하세요." 눈물부터 쏟고 있는 이렇게 나약한 나를, 이렇게 형편없는 나를 그럼에도 불구하고 사랑하시는 하나님. 풍랑 치는 바닷가에 떠 있는 작은 배처럼 흔들리던 두려운 마음이 이사야 41장 10절 말씀으로 다시 회복되더라.

수술을 잘 마치고 한 달 동안의 병가를 낼 수 있었거든. 그동안 얼마나 고단한 삶이었는지 돌아보게 되더라. 오로지 한 달은 날 위해 쉬면서 감사와 건강을 회복했지.

"하나님, 감사합니다. 사랑합니다."

쉬면서 나의 수고를 보상받는 느낌이었어. 어떻게 그렇게 생각할 수 있냐고?

"흐르는 냇물에서 돌들을 치워버리면 그 냇물은 노래를 잃어버린다."는 속담이 있거든. 흐르는 시냇물의 아름다운 소리는 물의 흐름을 방해하던 돌들 때문에 나는 소리라는 거지. 우리의 인생도 고난과 굴곡이라는 돌이 없다면 아름다운 찬양과 감사도 없을 거야. 고난은 축복의 통로라는 걸 지금은 잘 알아.

암 수술 이후로 10년이 지난 지금까지도 나를 건강하게 하셨으니 그것보다 더 큰 축복이 있을까.

고마워 9

나는 명성교회에 등록하고 22년 되던 해에 권사 임직을 받게 되었어. 하나님 은혜야.

햇살 좋은 어느 봄날, 모르는 권사님으로부터 온 갑작스러운 전화.

"집사님. 권사에 피택되셨습니다. 교육받으시기로 하셨죠?"

"아니요. 저는 아닌데요. 저는 자격도 없고요…."

"아…. 다시 알아보고 연락드리겠습니다."

깜짝 놀라서 구역장님께 확인해 봤지.

"난 그동안 교회 봉사도 못 했고요. 권사 교육을 받을 자격도 없는 사람인데요." 했더니, 구역장님 말씀이 "교회 봉사만 봉사인가요. 남편을 그만큼 사랑으로 섬기셨는데요. 그리고 자격은 내가 만드는 게 아니라 하나님이 주시는 것이죠. 우리 중 누구도 자격은 없습니다. 하나님의 은혜이지요. 교육받으셔도 됩니다."라고 하시는 거야. 너무나 가슴이 떨리고 부끄러우면서도 기뻤어. 나약하고 허물도 많은 나를 하나님이 쓰신다니.

이후로 성숙한 신앙 인격을 가지고 남을 권면하고, 위로하며, 격려하고, 화해자로서 사명을 다하는 권사가 되기 위한 훈련을 성실하게 수행했지.

"권사는 불평하는 말 대신에 남을 칭찬하는 언어를 사용해야 하고, 남을 저주하는 말 대신에 축복하는 언어를 사용해야 한다. 실망을 안겨 주는 말 대신에 용기를 주는 언어를 사용해야 한다. 권사의 태도는 진실해야 하고, 겸손해야 하며, 품위가 있으며 신앙적이어야 한다. 그리고 성경에 관한 깊은 이해와 깨달음이 있어야 한다."

목사님의 말씀을 통해 생각을 깨우고 새벽 기도와 모든 예배에 정성으로 참여하며 가뭄에 물 만난 나무처럼 말씀과 기도로 영육을 채웠어.

권사 훈련을 통해 받은 은혜로 아이가 군에 입대하기 전에 온 가족이 함께 가정 예배를 드릴 수 있는 계기를 마련해 주셨고 권사 임직 후에는 교회 봉사의 길도 열어 주셨지.

주일 예배 실내 안내 봉사를 하게 되면서 나라와 교회를 위해, 선교와 이웃을 위해 기도로 먼저 준비하게 하셨고 예배를 돕는 자로 사명을 다할 수 있는 은혜를 주셨지. 성령이 충만하고 믿음이 좋으신 집사님, 권사님들과 자녀와 가정의 희로애락을 기도로 돕는 은혜도 주셨어.

무엇보다도 안내 봉사를 통해 이영숙 권사님을

만나게 되면서 삽화를 그릴 수 있도록 도와주셨고 내 이야기가 더 따듯하고 사람들이 공감할 수 있는 빛나는 글로 출판하게 되는 축복을 받았지. 이 모든 것이 하나님 은혜야.

그러므로 내 사랑하는 형제들아 견고하며 흔들리지 말며 항상 주의 일에 더욱 힘쓰는 자들이 되라 이는 너희 수고가 주 안에서 헛되지 않은 줄을 앎이니라(고린도전서 15:5)

고마워 10

1984년 3월, 교사로 첫 발령받은 날. 긴장과 설렘이 뒤섞이는 짜릿한 홍분을 맛보았지. 서툰 학교 업무와 학생들과의 관계, 지도 등의 시행착오를 겪으며 선배 선생님들의 도움을 받아 조금씩 단단하게 뿌리를 내리게 되더라. 나도, 학생도 행

복한 수업, 서로를 배려하고 존중하는 수업을 하기 위해 다양한 것을 배우고 실천하며 내게 주신 교사의 사명을 다하려 애썼지만, 학교에서 중책을 맡으며 수업과 업무 둘 다 잘 해내긴 쉽지 않더라. 어느 한 쪽이든 무게가 실리면 한 쪽은 부족하고 비기 마련이지. 무엇이든 확실한 근거에 따라 업무를 진행해야 문제가 없다는 걸 잘 알았기에 특히 업무 처리는 완벽하게 하려고 애썼어. 그런데 학교 업무에 최선을 다했지만 행복하지만은 않더라. 그러던 중 다시 전근을 가게 되고 2011년 9월, 수석 교사에 대한 공문을 접하고는 내가 가야 할 길이라고 생각했어. 그동안 없던 직위라서 일반 사람들은 잘 모르긴 하지만 나에게는 매력 있는 손짓이었지. 교사, 학부모를 대상으로 연수나 학생 교육을 할 수 있고 학교 운영에 필요한 지원과 수업 컨설팅, 그리고 교수직이라는 것이 마음에 들었지.

그때 모셨던 교장 선생님도 적극적으로 지지해

주셔서 힘이 되었어. 내게 잘 맞는 일이자 직위라고 응원해 주셨어. 그간의 업무 노하우와 수업에 대한 열정을 잘 다듬어 준비했고, 수석 교사 1기로 선발되어 정말 기뻤어. 교사, 학부모, 학생 연수 등을 준비하는 것도 즐거웠고 교무 업무에서 놓인 것도 행복했지.

수석 교사로서 처음 할 수 있었던 강의가 감정 코칭이었어. 2012년에 경기도 교원 역량 혁신을 위한 NTTP(New Teacher Training Program) 연수를 시작으로 교사, 학부모를 대상으로 강의를 하게 되었는데 감정 코칭을 접하게 되면서 아들 양육 방법에 대해 반성도 하고 눈물도 많이 흘렸지.

아들의 감정보다는 행동을 먼저 보고 나무라고, 나의 눈높이와 내 기준으로 아이를 상대하고 있었으니 얼마나 숨 막히고 힘들었을까. 집에서도 나는 엄마가 아니라 교사였더라고. 어쩌면 아빠 몫까지 내가 해야 한다는 강박으로 아이한테 더

엄격했던 것 같아.

그런데 그렇게 반성하고 양육 방법에 대해 알게 되었다고 해서 사람이 바로 바뀌지는 않더라.

2012년부터 2014년까지 감정 코칭, 비폭력 대화, 회복 탄력성, 부부 치료사 등 시간이 허락하는 한 열심히 공부하러 다니면서 나도 서서히 바뀌어 갔지.

2014년에는 '유대인의 말하는 공부법'인 하브루타에 관심을 갖게 되었는데, 수석 교사로서 수업 전문성과 수업에 대한 갈증을 풀어 줄 의무와 권리를 수행하는 데는 이 방법이 적절하겠다 싶더라고. 그 이후로 지금까지 내 수업에서뿐만 아니라 전국의 여러 선생님께도 연수를 통해 하브루타 수업을 전파하며 수업에 관한 고민과 즐거움을 나누고 있어.

유대인의 문화와 정신을 알아가며 질문으로 파트너와 대화·토론·논쟁하며 배우는 하브루타 수업에 대한 연구와 강의는 앞으로도 계속하게 될 거야.

같은 뜻을 가진 선생님들과 소통하고 연구하는

작업은 언제나 나에게 긍정적 에너지와 삶의 이유를 만들어 주지.

이렇게 교육 현장에서 내가 지원할 수 있는 일들이 있고, 수석 교사로서의 자부심도 커서 수석 교사로 지낸 7년은 참 행복하네.

URGENT
For a Darling

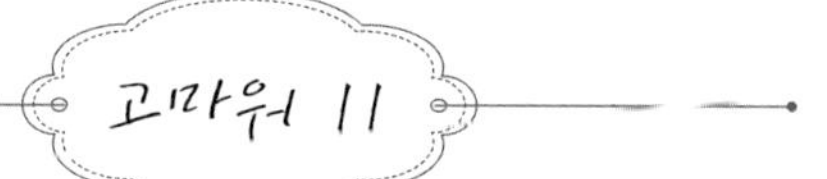

내 아이와의 관계를 개선하기 위해 비폭력 대화, 감정 코칭 연수를 부단히 쫓아다니면서 나 자신을 돌아보고, 들여다보면서 눈물도 많이 흘렸지. 내 감정을 알게 되니까 아이의 감정에 공감하게 되고 아프게 느껴지더라.

그러면서 가끔은 아이를 인정하다가도 부정적인 아이의 감정을 직면할 땐 여전히 내 기준에 아이를 맞추고, 화내고, 상처받기를 반복하게 되더라.

그렇게 시간과 정성을 들여 공부하면서도 내가 바뀌는 건 쉬운 일이 아니라서 정말 힘들었어.

아이와 갈등이 없을 때는 감정 코칭 강의가 정말 즐겁지만, 갈등을 겪고 있을 때는 저 깊은 곳에 있는 부끄러움이 날 괴롭혔지. 이론으로만 하는 강의가 무슨 소용이겠나 하는 생각이 들어서 말이야.

시간이 흐르면서 평화의 언어를 사용하고 아이의 감정을 조금씩 읽어주고, 공감해 주면서 서로 눈 맞추는 시간이 늘어나니까 서로를 이해하게 되더라.

예찬이가 대학교 1학년 되던 해, 어버이날 저녁에 나에게 문자를 보냈어.

만약에 다시 태어날 수 있다면

당신 곁에서 태어나게 하소서.

당신의 기쁨과 아픔을 들을 수 있는 귀를 주소서.

사랑합니다.

험한 가시밭길, 날 업고 걸어가시는

나의 목자.

나의 어머니.

문자를 읽는 순간 울컥 눈물이 쏟아지더라. 지난 2년 동안 서로를 아프게 하고 할퀴었던 상처가 흔적도 없이 사라졌지.

저녁에 꽃 한 송이 들고 들어와 쑥스러운 듯 손에 쥐여주던 그 모습을 잊을 수가 없어.

아이가 군 복무 중 휴가를 나왔던 2017년, 초가을 비가 조금 내리던 주일에 꽃다발을 안겨 준 사건이 한 번 더 있었어. 아이에게서 예배를 마치고 성전 앞에서 잠깐만 기다리고 있으라는 문자가 왔지.

별생각 없이 아이가 걸어올 방향을 바라보고 있는데 등 뒤에서 꽃다발을 쑥 내밀더라.

"이 무더운 여름을 휴가도 없이 바쁘게 보낸 엄마에게 드리는 선물이에요."

그리고 "아빠 마음까지 담은 거니까 두 배로 기쁘게 받아주세요."라고 하더라.

아빠 마음까지 챙겨서 건네주던 아들을 보면서 많이 성장했구나 싶어서 얼마나 대견스럽고 사랑스러운지.

하나님, 고맙습니다. 아들을 주셔서.

사
랑
해

URGENT
For a Darling

"엄마! 애들이 아빠 보고 장애인이라고 놀려."
아이가 초등학교 입학 전이었는데 문득 쓸쓸한 얼굴로 이야기하더라. 그래서 싸웠냐고 물으니 그러더라.

"'살다 보면 어느 날 갑자기 다칠 수도 있어. 누

구라도 그럴 수 있고 장애를 갖게 될 수 있어. 아빠는 많이, 아주 많이 다쳐서 몸이 불편한 거야.' 엄마가 전에 말해준 것처럼 말했어. 근데 기분이 나빠." 이렇게 말이야.

지금 같으면 기분도 공감해 주고 칭찬도 해 주고, 안아주고 했을 텐데. 겨우 "안 싸웠으니 잘했네."라고 밖에 못 했어.

그땐 아이보다 학교 업무에 더 마음을 빼앗겼던 시절이라 아이와 눈 맞춤하고 사랑을 표현하지 못한 것이 지금도 미안하지.

아들은 작은 것을 소중히 여기고 사랑하며 생명에 대한 소중함도 잘 아는 녀석이야.

전에 토끼를 한 마리 사서 키운 적이 있어. 이 녀석이 형제도 없고 엄마나 아빠의 보살핌도 시들하니 정을 붙일 무언가가 필요했던 거지. 거실을 뛰어다니는 자그마한 것이 얼마나 예쁜지 몇 날 며칠 잘 데리고 놀았는데, 아이가 아침에 나를 깨우면서 토끼가 이상하다며 내 가슴 위에 올려놓더라고.

몸이 축 늘어져서 죽은 토끼를. 얼마나 놀랐는지 정신이 번쩍 나더라.

"어머, 얘 왜 이렇게 됐니? 어젯밤에도 잘 돌아다녔는데. 어떡해. 세상에." 하며 울었더니 아이가 불안한 눈빛을 보이면서 난감해하더라.

정신부터 차리고 토끼를 어떻게 해야 하나 싶은데 뒷산에 묻자는 거야. 아파트 뒤편에 오르내리기 좋을 만한 산이 있었거든.

자그마한 토끼를 신문으로 여러 겹 싸고 또 싸서 뒷산에 있는 큰 나무 밑에 묻었어.

아들은 "토끼야. 잘 썩어서 나무 거름 돼라." 하며 작은 발로 토닥토닥 흙을 밟아 주더라.

난 불쌍한 감정으로 묻어주기만 하면 된다고 생각했는데 썩어서 나무를 성장하게 하는 거름이 되라고 말하는 이 아이. 참 사랑스럽지.

초등학교 1학년 때, 책을 30권 읽고 소원 하나 들어주기를 했었는데 아들의 소원은 강아지를 키우자는 거였어. 왜 하필 소원이 강아지냐고 물었기든. 근데 하는 말이 "엄마가 강아지를 너무너무 좋아하잖아. 엄마가 좋아하는 거면 나도 좋아."였어.

강아지도 사람 손이 많이 가는데 어찌 키우려느냐는 주위의 만류에도 불구하고 2개월 된 미니어처 핀셔 한 마리를 샀어.

그때는 남편이 외출하지 못하는 상황이었으니까 집에 혼자 있으면 종일 말할 기회도 없으니 강아지하고 놀면 되겠다고 생각했어. 밥도 챙겨 주고 강아지를 돌보며 뭔가 일거리를 주자고 생각했지. (결국 다 내 일이 되었지만)

이름은 번개야. 몸이 날쌔고 똘똘해.

벌써 번개가 17년을 같이 살고 있네.

일전에 남편이 외출하면서

현관문을 닫지 않고 나간 사이에 번개가 열린 문 사이로 집을 나가버린 적이 있었어. 귀가해서 번개를 찾으러 다니느라 얼마나 고생했는지. 아이도 번개를 잃어버렸다는 얘길 듣고 속상해하며 애타게 찾았는데 다행히 이웃집에서 보살펴 주고 있다는 소식을 듣게 돼서 4시간 만에 찾아서 데리고 왔지.

너무나 고맙다며 아이가 힘들게 아르바이트해서 번 돈으로 감사의 선물을 사서 그 이웃에게 전해주더라. 하긴, 어려서부터 함께 뒹굴었고 아이가 책 읽을 땐 번개가 아이 등에 올라앉아 쉬곤 했으니까 둘의 관계가 남다르긴 했지.

이제는 번개 눈에 백내장이 와서 눈동자가 하얗게 변했어. 그래도 아직 보는 데는 지장 없고, 식사 때마다 맛있는 것을 섞어주지 않으면 잘 안 먹는 까칠한 녀석이라 저절로 다이어트가 돼서 관절염이 없으니 다행이지. 다만 귀가 좀 어둡다는 거. 멀리서도 내 발소리를 알아듣고 문 앞에서 꼬리를 흔들며 기다리던 귀여운 녀석이었는데 이젠 문을 열고 들어가서 이름을 불러도 제집에서 잠만 자네.

아들이 입대하면서 "내가 전역할 때까지는 꼭 살아 있어라. 번개."라고 했었는데 아들이 전역한 이후에도 신통하게도 아직 함께 잘 살고 있어.

밥 달라, 물 달라고 의사 표현도 잘하고, 아침에 일어나면 귀를 뒤로 젖히고 꼬리를 흔들며 아침 인사도 하지.

우리 번개도 참 사랑스럽지. 이제 번개와 함께할 날이 얼마 남지 않았다고 생각하면 가슴이 먹먹해지지만, 번개가 흙으로 돌아가는 날에도 안타깝지 않도록 지금 더 충분히 사랑해 줄 거야.

사랑해 2

예찬이가 어렸을 때 가장 존경하는 사람은 아빠였어.

어떤 면에서 아빠를 존경하느냐고 물었더니 "언제나 집에서 기다려 주고, 잔소리랑 싫어하는 소리 안 하고, 이야기보따리를 풀면 재밌고, 설명도 잘해 줘. 그리고 친구나 엄마랑 못하는 얘기는 아빠랑 해."라고 하더라고.

아빠가 있는 것만으로도 우리 가족의 울타리가 되고, 엄마가 없을 때는 무섭지 않게 같이 있어 주고, 혼자 밥 먹지 않게 해 줘서 고맙다고 하면서 말이야.

내가 해 주지 못하는 것을 아빠가 해 주고 있었구나 싶어서 가슴이 뜨거워지더라.

아이가 열두 살쯤 되었을 때의 일이야. 날 물끄러미 바라보다 하는 말이 "엄마가 보통 여자는 아니지." 하더라.

"왜?"

"아빠가 예전엔 지금보다 잘 걷지도 못하고, 엄마도 기억하지 못해서 더 힘들고 엄청나게 고생스러웠을 텐데 도망도 안 가고 아빠를 보살펴 주는 걸 보니까 그렇지. 그리고 아빠 대신 엄마가 자전거 가르쳐 줬잖아. 풀밭에 데리고 가서 축구도 함께하고, 롤러스케이트 타는 것도 일일이 따라다녀 주고, 또 나 스키 타게 하려고 엄마가 먼저 배워서 나랑 같이 스키도 탔잖아."라고 하는 거야.

남들은 아빠가 해 주는 것을 우리 집은 엄마가 아빠 몫까지 하려 애쓰는 걸 아이가 알았었나 봐. 이 말을 들으니 너무 대견하기도 하고 사랑스러웠어.

그런 마음을 알아서, 그렇게 사는 엄마인 줄 알아서 사춘기를 보내면서도 내 앞에선 불만 표현을 잘 안 했어. 마음이 답답하고 짜증도 나고 했을 텐데, 엄마의 관심과 사랑이 그리운 아이였을 텐데 난 그 마음을 모르는 로봇 엄마 같았어.

시험이 끝나는 날에는 노래방도 가고 싶고 친구들이랑 놀고 싶었겠지만 10시 전에는 꼭 들어와야 했고, 작은 잘못도 엄마한테 금방 걸려서 혼나는 일이 비일비재하니 주눅이 들어 있었지.

나중에 알게 된 얘긴데 집에서도 교사인 엄마, 눈높이도 어른에 맞춰서 혼내는 엄마, 이해도 잘 안 해 주는 엄마가 정말 무서웠대.

아들이 초등학교 6학년 때 내가 암 수술을 했으니까 어린 마음에 얼마나 걱정했을까. 안심해도 된다고 말했지만, 속으론 참 많이 힘들었을 거야. 아빠도, 엄마도 책임져야 한다면 그 무게감을 어떻게 견뎌내겠어. 충분히 사랑받고 보호받아야 할 나이인데. 아이의 방황이 지금은 충분히 이해가 돼.

그땐 왜 그렇게 내 아이가 힘들었는지.

사춘기를 보내면서 아이가 사실은 나보다 더 힘들었을지도 모른다는 생각이 드네.

고등학교 진학과 관련해서는 아이의 생각은 관심도 없이 집 앞에 자립형 사립 고등학교가 있으니 걸어서 다닐 수 있는 가까운 학교로 가라고 강요했었고, 그 일로 틀어지기 시작한 관계가 바닥을 칠 때까지 심리적 갈등을 겪었어. 아이가 고등학교 3학년이 될 때까지 아이를 내 맘대로 할 수 없어서 괴로워하며 지냈거든. 아이를 내 맘대로 하려 했던 어리석은 엄마의 고백 좀 들어 봐.

사랑해 3

나는 아이의 모습이 내 자존심이었던 바보 엄마였어.

예의 바르고, 공부에 몰두하고, 부모님 말씀을 거역하지 않는 나의 청소년 시절을 아이에게 강요하고 있었거든. 아이의 모습이 곧 내 모습인 양 내 기준에 맞지 않으면 못 견뎌 하던 어리석은 시절이었지.

태어날 때 선물이라 했던 그 마음은 어디로 숨었는지 몰라.

아이가 잘 성장해 줬으면 하는 바람이, 아니지, 내 자식이니까 마음대로, 내 생각대로 만들 수 있다는 착각이 아이와의 갈등을 유발하는 근원이었던 것 같아.

고등학교 1학년 때 서로 소통하지 못하는 상태로 아이는 아이대로, 나는 나대로 속을 썩고 살았는데 더 이상은 견딜 수 없는 상태까지 돼 버리더라.

나는 학교 부적응 학생 대책 마련을 해야 하는 교무부장인데 내 아이는 학교에 가고 싶어 하지 않는 아이였어. 이건 말이 안 되는 거라고 생각했지. 내 새끼도 관리하지 못하는 어미가 그 일을 하고 있다는 것이 아이러니하잖아.

그래도 내 마음만 힘들지, 다른 건 돌아볼 생각조차 하지 않았어. 아이 마음은 보지도, 듣지도 않고 내 기준으로 설득하려 하니 통할 리가 없었지.

어느 날 아이가 말하더라.

"엄마는 선생님이고 나보다 말 잘하는 거 알고 있어요. 엄마가 이야기하면 난 또 설득당할 거예요. 그런데 더 이상 설득당하고 싶지 않아요. 엄마 말만 말이라고 하지 말고 내 얘기도 좀 들어줘요. 엄마가 학교 일했지, 언제 날 키웠어요? 밥 먹이고 옷 입히면 키우는 건지 알아요?"

청천벽력 같은 이 말에 정말 하늘이 무너지는 느낌이었어.

말끔하게 화장하고 출근해서 웃는 얼굴로 수업하고 업무를 수행하고, 돌아오는 길엔 속상하고 힘들어서 울면서 집에 왔지.

남편을 보살피며 마음고생 할 때보다 아이가 난 더 힘들었던 것 같아.

남들은 눈치채지 못했지만, 내 속의 우울증과

무기력이 나를 바닥으로 끌어내릴 때가 많았어. 그땐 왜 그렇게 아이의 마음을 들여다보지도 않고 귀 기울여 듣지도 않았을까.

그렇게 한바탕 씨름하며 지낸 시절을 혼자서 생각해 보니, 7년은 남편한테, 그 뒤로 아이 낳고 7년은 아이 키우느라 시간을 보내고, 그 뒤로 또 7년 이상은 학교 업무에 몰입하며 살았더라고.

아이에게 엄마의 손길이 필요한 청소년 시기에는 정작 일에 빠져서 아이를 돌보지 않고 있었다는 걸 알게 되었지.

난 아들을 정말 사랑하는데, 어떻게든 방법을 찾고 싶었어.

그러던 중에 감정 코칭, 비폭력 대화를 공부하면서 나를 들여다보고 반성도 많이 했어.

그리고 눈물로 기도했어. "하나님, 나 좀 살려주세요. 죽고 싶을 만큼 힘들어요. 나 좀 살게 해 주세요."

위로와 은혜를 받고 힘내서 지낼 만하면 다시 내 기준 위에 아이를 올려놓고 나 중심의 모습으로 돌아가기를 수없이 반복했어. 나를 바꾸는 일은 정말 어려운 일이더라.

그러면서 '기대감이 아니라 존재만으로도 사랑하라'는 것을 깨닫게 되었어.

아이의 존재에 초점이 맞춰지니 나도, 아이도 조금씩 숨통이 트였던 것 같아.

문제는 아이가 아니고 나였던 거지.

URGENT
For a Darling

아이의 군 입대가 결정되면서 아이가 군 생활을 잘할 수 있을지, 또 잘 견뎌낼지 조금씩 걱정이 생기기 시작했어. 그래서 가정 예배로 준비하자고 생각했지.

"예찬아. 너 의경 입대하기 전에 우리 가족 예배 드리면 어떨까?"

“좋아요. 가정 예배드리고 가면 좋을 것 같아.”

이렇게 시작된 가정 예배는 아이와 나의 관계를 확실하게 회복시키시고, 극한 상황에서 하나님에 대한 우리의 신뢰가 얼마나 큰지 알게 하셨지. 신앙 성장을 위해서는 교회에서만이 아니라 가정에서의 교육도 중요하다는 것을 깊이 깨달았어.

> 두려워 말며 놀라지 말라 네가 어디로 가든지 네 하나님 여호와가 너와 함께 하느니라
>
> (여호수아 1:9)

하나님께서는 여호수아 1장 9절 말씀을 주셔서 훈련을 마치고 어느 지역으로 배치받을까, 동료들하고 잘 지내고 끝까지 잘 마칠 수 있을까 염려하지 않게 하셨지.

입대하던 날, 입영 장소에서 연병장을 한 바퀴 돌며 훈련소로 들어가는데 아들 얼굴을 찾지 못

하니 안타깝고 속상하더라. 바로 30분 전까지 함께 식사하고 웃던 녀석을 이제 볼 수 없다는 사실이 현실이 되었잖아.

남편에게 일이 생기면 언제든지 든든한 힘이 되었던 아들인지라 이젠 21개월을 혼자 해야 하는구나 하는 허전함이 몰려들더라니. 논산 훈련소에 아이 친구랑 함께 가길 잘했지. 안 그랬음 혼자 돌아올 때 많이 울었을 것 같아.

입소 후 6일 만에 편지를 쓸 수 있었는데 훈련소에 있는 기간 동안 거의 매일 빠짐없이 편지를 썼어. 마치 남편의 군 시절을 떠올리게 하는 절묘한 겹침이 느껴졌지.

입소 후 4일 만에 아이한테 전화가 왔는데 얼마나 가슴이 뛰는지. "포상 점수 받아 전화하는 거예요." 그 말을 듣는 순간 잘 있구나 싶어서 안심도 되고 기뻤어.

그리고 다음 날엔가, 부대에서 홈페이지에 분대원들 사진을 올려주더라.

다른 아이들은 안 보여. 우리 애 얼굴만 보이지.
그 빛나는 얼굴.

군 생활 21개월 동안 국방의 의무에 아이와 함께 나도 동참했지.

살이 녹아내릴 만큼 더웠던 2016년 여름 훈련 기간 중에 아이가 퇴소를 당할 뻔한 사건이 있었어. 아이도 무척 긴장하고 애태웠을 텐데 잘 이겨낼 수 있었던 것은 하나님 은혜야. 가정 예배를 드리며 말씀과 기도로 마음을 단단하게 하셨기에 가능한 일이었을 거야.

'사랑해 5'부터는 2016년 7월 14일에 입대한 아들에게 쓴 편지야.

'사랑해 7~9'는 아이가 퇴소당할 위기를 기도와 말씀으로 극복하게 하신 과정이고,

'사랑해 10~11'은 하나님 은혜로 명예로운 수료식을 맞이하는 감격스러운 마음의 편지야.

사랑해 5

예찬아! 엄마야.

너 보고 싶어서 훈련소 홈페이지에서 네 얼굴이 담긴 사진을 업데이트하는 오늘만 기다렸어.

네 사진 보니 잘생긴 얼굴이 더 잘생겨졌네. 늠름하고 멋있어.

볼도 통통해 보이고. 밥은 잘 먹나 싶은데, 어때?

날마다 아침저녁으로 눈뜨고 감을 때마다 네 얼굴을 그리며 기도했지.

날이 너무 더워서 훈련이 만만하지 않지?

그래도 잘 이겨내고 있을 거란 걸 엄마는 알지.

2소대 전우들은 어떤지 등등, 궁금한 게 많지만 이렇게 편지 쓰면서, 또 기도하면서 하나님의 인도하심과 너의 출입을 지키심과 평안을 주심을 믿기에 염려는 안 해.

씩씩하게 늠름하게 잘 지내고 밥도, 잠도, 훈련도 잘 맞춰 가면서 하리라 믿어.

어디 아플 땐 참지 말고 항상 이야기해서 빨리 치료받고. (넌 아픈 걸 심하게 잘 참잖아)

널 보내고 오늘까지도 엄마, 아빠는 널 위해 새벽마다 말씀 듣고 기도하고 그래.

네가 입고 갔던 옷이 담긴 박스가 왔어. 너무나 반가운 네 편지도 함께 와서 너무 기뻐서 눈물이 났어. 아빠랑 같이 읽으면서 "잘 있나 봐. 감사하지. 신통하지. 안심해도 되겠다." 하면서 아빠랑 울고 웃었어.

아빠가 너한테 하고 싶은 말을 불러줘서 엄마가 대신 적어서 보낸다.

아빠야, 아들.

항상 건강하길 바라며, 너에게 행운이 가득하기를 바란다.

힘들어도 잘 견디고 웃음을 간직한 재미있는 예찬이가 되어야 해!

날마다 새벽 예배드리고 너를 위한 기도를 잊지 않고 하니까 주님이 너에게 평안과 축복을 주실 거다. 아빠는 알지. 예찬이가 어떤 상황에서도 슬기롭게 잘 견뎌 주고 함부로 하지 않으며, 동료들과 좋은 관계를 형성할 것이라고 믿어.

아빠가 너무 오래간만에 아들에게 편지를 쓰니까 가슴이 벅차고 먹먹해지는걸.

아빠의 군 생활을 생각해 보면 서럽고 지치고 어려운 경우도 있었지만 남자라면 한 번은 거치는 과정이라고 생각하고 지냈던 것 같아.

아들도 힘내고. 배고파도 더위는 먹지 말고, 밥 잘 먹고 잠도 잘 자고 훈련도 잘 받기를 기도하마.

하나님. 예찬이가 신체검사를 받는답니다. 이것을 통해 자신의 약한 부분이 어디인지 정확하게 파악하게 하시고 앞으로의 군 생활에 지혜롭고 적절하게 임할 수 있게 하여 주옵소서. 더 나아가 예찬이가 자신의 신체뿐 아니라 정신적·영적 부분도 점검해 볼 수 있게 하여 주옵소서. 신앙생활 전반에 대한 자신의 모습을 겸손하게 되돌아보고 부족한 부분을 강하게 단련하는 계기가 되게 하옵소서.

이 모든 것을 예수 그리스도 이름으로 기도드립니다.

사랑해 6

예찬아.

편지 쓰면 잘 전달되는 것 같아서 기뻐. 하하.

오늘은 엄마가 충남 교육연수원에 강의를 다녀왔어.

가면서 논산으로 가는 이정표가 보이더라고.

아~! 여기서 40km만 더 가면 예찬이가 그곳에서 훈련받고 있겠네.

볼 수는 없지만, 서울보다 네가 있는 곳에 더 가까이 오니 기쁘고 설레고 하더라.

아빠 활동 보조원 신청은 내일 할 거야. 서류 준비는 다 되었고 신청하고 집에 와서 확인하고 결과가 나오는 데 2달 정도 소요된다네. 좀 늦어도 나오기만 하면 좋지 뭐.

아들은 군대 가고 보호자는 직장이 있어서 아빠를 돌볼 수 없어 보조원이 필요하다는 것만 인정되면 보조 등급을 받을 수 있을 거라네.

그럼 정말 감사하지 뭐.

오늘도 무척 더웠지? 잘 먹어야 지치지 않아. 물도 자주 마시고 그래. 잠도 잘 자야 몸 상하지 않으니까 푹 자고 자기 전에 기도하고 눈 뜨면서 기도하면 좋겠어.

어렵고 힘들지만, 그럼에도 불구하고 감사를 늘 네 입술에 달고 지내야 해.

긍정적인 말로 마음을 온유하게 하고(온유한 자는 복이 있나니 땅을 기업으로 받을 것이요), 나를 지치고 힘들게 하는 사람이 있으면 긍휼히 여기고(긍휼히 여기는 자는 저희가 긍휼히 여김을 받을 것이오).

매일매일 보고 싶어서 아들 사진만 스마트폰으로 본다.

잘 먹고, 잘 자고, 무엇보다 분대원들과 잘 지내고 있다니 기쁘고 자랑스러워.

주일에 예배도 드린다니 더 감사하고, 원하는 운동도 할 수 있다니 참 잘되었구나.

아무것도 안 가져가서 빌려 쓴다니 어떡하나 싶은데 그래도 알아서 잘하고 있다니 다행이야.

핸드폰, 컴퓨터, 군것질을 하지 않으니 몸을 더 힘들게 한다는 말에 엄청나게 공감했어.

그게 더 유익한 것이니 하나님이 그렇게 하시겠지.

몸에 나쁜 건 안 하고 오히려 제시간에 밥 먹고 잠자고 하니 얼굴도 좋아지고 키도 더 크겠네. 근데 문제가 하나 생겼어. 치킨만 보면 아들 생각이 나서 못 먹겠어. 아들이 가장 좋아하는 치킨이라 네가 없으니 못 먹겠더라.

날이 너무 더워서 훈련이 좀 더 힘들어지면 견디기 어렵겠다.

많이 지치고 하지? 살이 녹을 정도로. 더워서.

그래도 이 악물고 참을 걸 생각하니 마음이 안쓰럽기도 하고 그래.

다음 주부턴 지금까지보다 더 어려운 훈련에 돌입하겠네. 해 보지 않은 것들이라 생소하겠지만 못할 것도 없지.

지식이 많아도 하나님이 들어 쓰시지 않으면 아무것도 아니지만, 하나님을 경외하며 그의 길을 걷는 자는 복 주시며 들어 쓰신다는 것을 우리 잊지 말고 살자.

오늘도 많이 사랑해. 앞으로도 더욱 사랑해.

하나님. 예찬이가 입대 후 두 번째 주일을 맞이합니다. 하나님께서 주신 귀한 안식의 기쁨을 누리게 하여 주시고 하나님을 예배하면서 영적으로 충전하게 하여 주옵소서. 하나님의 능력은 이 세상의 그 어떤 견고한 진영도 쉽게 무너뜨리고 그 어떤 공격도 능히 물리칠 수 있음을 고백합니다.
또한 사람들을 미혹시키는 어떤 이론이나 사상도 하나님의 능력 앞에서는 아무것도 아님을 믿습니다. 우리 예찬이가 이 귀한 진리를 늘 마음에 품고 살게 하여 주옵소서.
세상의 장벽이나 하나님을 거부하는 영적인 싸움을 할 때 어리석게 세상의 방법으로 대응하지 않고 언제나 하나님의 말씀과 기도를 무기 삼아 승리하게 하여 주옵소서. 앞으로의 삶에서도 반드시 주일을 지키도록 붙잡아주소서. 물질, 명예, 성공과 타협하지 않고 주일을 우선하는 믿음을 허락하실 줄 믿습니다.
날 구원하신 예수님의 이름으로 기도합니다.

URGENT
For a Darling

사랑해 7

예찬아.

많이 힘들고 두려웠겠구나.

엄마한테 미안해하지 않아도 괜찮아.

울지 말고 엄마 편지 잘 읽어.

엄마가 금식하면서 기도하고 있을게.

이사야 53장 5절에 보면 "그가 찔림은 우리의 허물 때문이요 그가 상함은 우리의 죄악 때문이라. 그가 징계를 받으므로 우리는 평화를 누리고 그가 채찍에 맞으므로 우리는 나음을 받았도다." 라고 말씀하고 계셔.

우리의 죄와 허물을 대신해서 예수님께서 징계를 받으시고 채찍에 맞으셨기에 우리가 구원을 받은 거야. 우리의 허물과 죄를 자복하면 그 허물을 가리시고 죄를 용서하시는 하나님께서 우리에게 은혜를 주시고 가장 좋은 것으로 인도하실 걸 엄마는 믿어.

이 사건을 통해서 살아계신 하나님을 예찬이가 만나는 은혜를 하나님께서 허락하실 것도 믿어. 그렇게 기도하고 있어.

이사야 말씀으로 계속 같은 기도를 해.

"저의 허물과 죄로 인해 찔리시고 상하신 하나

님. 저의 허물을 가리우시고 죄를 용서하여 주옵소서. 이 사건을 통해 살아계신 하나님을 만나길 원합니다."

이렇게 같은 기도를 진심으로 마음을 모아 기도해.

아무 염려 말고 기도와 간구를 아버지께 아뢰면 우리가 구한 대로 주실 거야.

내 편이신 하나님. 나의 작은 신음에도 응답하시는 하나님.

고난을 축복의 도구로 쓰시는 하나님.

이번 사건을 통해 네 속에 있는 쓴 뿌리를 걷어내시고 영적으로 자라나게 하시려 허락하신 것이니 사랑이신 주님의 선하신 성품을 신뢰하고 기도하자.

가장 먼저 내 마음과 말을 바꾸고 하나님이 일하실 수 있도록 믿고 의지하며 기다려 보자.

누구에게도 원망을 품으면 안 되고 잘못을 돌려

도 안 되고 이번 일을 잘 견디고 훈련을 이겨내면서 하나님만 신뢰하고 의지하면 믿음의 금메달을 하나님께 받게 될 거야.

그냥 온전한 믿음 없이 평범하게 살면서 축복받는 사람은 없어.

사람에겐 누구나 살면서 어려움이 늘 오잖아.

믿음으로 하나님께 의지하며 이기느냐, 자신의 힘으로 이겨내느냐는 결과가 말해줄 거야.

예찬아. 믿고 기도하자.

엄마에게도, 네게도 하나님이 뜻하시는 것이 있을 거야.

진심으로 소대장님께도 용서를 구하고 또 용서를 빌고 하면 그다음엔 하나님이 하실 거야.

이 사건을 통해 살아계신 하나님 아버지를 만나자.

걱정하지 말거라.

구역장님도, 은숙이 이모도 널 위해 눈물로 기도하셔.

사랑한다.

URGENT
For a Darling

사랑해 8

예찬아.

오늘 주일 예배를 드릴 수 있으면 좋겠네.

“만물이 그로 말미암아 지은 바 되었으니 지은 것이 하나도 그가 없이는 된 것이 없느니라. 이 말씀이 하나님과 함께 계셨으니 이 말씀은 곧 하나님이시라.”

나와 너, 우리, 이 세상의 모든 것은 하나님이 주신 것이며 주님의 것이 아닌 것이 없단다.

그래서 우리가 누리는 많은 것이 무료더라.

따사로운 햇살 무료.

시원한 바람 무료.

새파란 하늘 무료.

저녁노을 무료.

숲속 맑은 공기 무료.

어머니 사랑 무료.

아버지 사랑 무료.

아기 웃음도 무료.

하나님 용서도 다 무료.

하나님이 지으신 이 세상 모든 것에 감사를 회복시키시더라.

불안을 걷어 가시고 기도하는 마음을 주시더라.

어떤 일이 벌어지든지 내가 먼저 죄인의 자리에 들어가 회개할 때 긍휼함을 얻을 수 있는 거야. 기도가 되지 않으면 하나님이 가르쳐 주신 기도인 주기도문을 암송해 봐.

하늘에 계신 아버지 이름이 거룩히 여김을 받으시오며 나라에 임하옵시며
뜻이 하늘에서 이루어진 것 같이 땅에서도 이루어지이다.
우리에게 일용할 양식을 주옵시고 우리가 우리에게 죄지은 자를 사하여준 것 같이 우리의 죄를 사하여 주옵시고 우리를 시험에 들게 하지 마옵시며 다만 악에서 구하옵소서.
대개 나라와 권세와 영광이 아버지께 영원히 있사옵나이다.

계속 반복하고 몰입해서 암송하면서 네 속에 있는 불안과 염려를 하나님께 내려놓으면 주님께서 일하실 거야. 걱정하지 말거라.

사랑해, 아들.

URGENT
For a Darling

사랑해 9

사랑하는 내 아들 예찬아.

많이 조급하고 답답하지.

그럴수록 내 속에 있는 쓴 뿌리를 뽑아내기 위한 훈련이라고 생각해야 해.

이제껏 돌아보면 지금과 같은 비슷한 사건들은 여러 번 있었잖아.

지금까지의 사건들은 친구들과 다투고 아르바이트를 그만두는 정도였지만, 네 속의 있는 짜증과 분노 같은 것은 이번에 하나님 앞에서 처리받아야 할 좋지 않은 것들이야. 이번 사건을 통해 잘 처리되고 은혜를 받고 나면 분명히 하나님께서 널 축복하실 거고 널 크게 들어 쓰실 거야.

넌 인정도 많고, 사랑도 많고, 착하고, 부모님을 공경하고, 친구들 마음도 잘 알아주고 들어주고 하는 사람이잖아. 그렇지만 누구에게나 쓴 뿌리는 있는 것이거든.

엄마는 이번에 그동안 살면서 하나님의 계율 중 사소한 것이라도 잘 지키지 못한 것이 무엇일까 떠올리며 회개했어. 지시 불이행은 하나님의 계율과 관련이 있는 거라는 생각이 들어.

엄마도, 너도 영적인 사람이 되기를 소원했고 하나님이 주시는 영적 축복을 온전히 받아서 누릴 수 있도록 우리의 마음 판을 다듬자. 그리고 "'먼저 그의 나라와 그의 의를 구하라.' 하신 말씀을 붙들겠습니다."라고 소원했어.

이젠 세상적인 생각과 행동을 하지 말고 하나님께 집중하며 예민하게 듣고 기도하면서 기다려 보자.

선하시고 그 얼굴빛을 내게로 향하여 축복하기

를 원하시는 하나님을 신뢰하며 지금의 고난은 축복의 통로로 사용하실 것임을 잊지 말자.

살아계신 하나님을 만나고 우리가 영적으로 성장할 수 있는 기회임을 엄마는 믿어.

사랑해, 아들.

URGENT
For a Darling

사랑해 10

참 좋으신 하나님. 살아계셔서 나와 함께하시는 하나님.

예찬이를 지키시고 인도하시는 사랑의 하나님. 감사합니다.

이제껏 살면서 가장 뜨거운 감사와 기쁨이 가득한 최고의 수료식을 맞게 해 주시니 감사합니다.

성령님이 이번 사건을 통해 어떻게 인도하셨는지 잊지 않게 하시고 예찬이 맘속에 있는 지뢰를 기도와 은혜로 제거하게 하시며, 하나님의 맘에 합한 자가 될 때 크게 들어 쓰실 줄 믿습니다.

예찬아.

엄마는 말씀을 붙들고 간절히 기도하며 기다릴 수 있었지만, 너는 얼마나 힘들고 괴로웠을까 생각하니 너의 고통이 엄마한테 그대로 느껴졌어.

"마음고생 많이 했어요." 하는 네 말에서 네가 성장했음을 느낄 수 있었다.

정말 고생 많이 했다. 아들!

"기도하며 기다려 보자."고 했던 엄마 말을 믿고 따라줘서 고맙다. 정말 잘했다.

엄마는 네가 얼마나 소중한지, 또 하나님이 널 얼마나 사랑하시는지 네가 훈련소에 있는 동안 더 많이 느끼고 은혜를 받았어.

네가 태어날 때부터 생각해 보면 너는 하나님의 선물이었고 너의 존재만으로도 감사했는데, 네가 성장하면서 주님께 온전히 맡기며 말씀으로 키우지 못한 것을 이번에 절실히 회개하는 기회가 되었던 것 같아.

이젠 우리 아들과 영적인 이야기를 공유하고 나

누게 하셔서 무엇보다 기쁘고, 감사해.

내일은 자내 배치가 어디로 되는지 확인해서 만나자.

엄마는 너의 영적 성장과 비전을 위해 평생 기도할 거야.

우리가 기도를 쉴지언정 절대로 우리를 버리지 않으시는 하나님께, 우리의 작은 신음에도 응답하시는 하나님께 말이야.

사랑한다. 아들. 엄청나게 보고 싶네.

하나님. 오늘도 사랑하는 예찬이와 함께하심을 믿습니다.
지금의 이 훈련이, 또 교육이 예찬이가 살아가는 데 유익한 것임을 알고 사소한 것이라도 소홀히 여기지 않게 해 주옵소서.
육신의 아버지로부터 받지 못한 것이 있다면 하나님 아버지를 통해 받아 누리는 축복을 주시옵소서. 하나님을 신뢰하며 전적으로 의지하게 하옵소서. 갈렙이 '세상의 눈이 아닌 믿음의 눈으로 바라봄으로 적과 싸우기도 전에 함께하시면 언제나 승리를 할 수 있다는 것'을 알고 있었음을 기억합니다. 예찬이가 이 영적 비밀을 평생 기억하게 하여 주옵소서. 나아가 하나님을 온전히 신뢰하는 그런 모습으로 다른 사람들에게 거룩한 영향력을 끼칠 수 있게 하여 주옵소서.
날 구원하신 예수님 이름으로 기도합니다.

사랑해 11

아침에 훈련소에서의 마지막 편지가 꼭 전달되길 바라며….

지난 4주간 우리 예찬이와 동행하시며 함께하신 살아계신 하나님.

감사와 영광을 주님께 올립니다.

우리가 올여름에 배운 건 '순종'이다.

예수님은 고난을 통해 순종을 배웠고 죽기까지 하나님의 뜻대로 순종하셨다.

하나님의 말씀에 온전히 순종하기 위해서는 말씀에 의지하여 말씀을 성령의 검으로 삼고 감사를 잃지 말고 기도의 끈을 놓지 않는 것. 이렇게 할 때 하나님께서 축복에 축복을 우리에게 더하실 것임을 기억하자.

이제는 무엇이든 아주 사소한 것도 하나님께 묻고 기도하며 결정하자.

때론 내 희망과 맞지 않을지라도 선하신 하나님의 뜻을 믿으며 기다리자.

우리에게 가장 유익한 것으로 채우시는 좋으신 하나님을 신뢰하자.

널 볼 생각에 잠이 안 올 듯하네. 밤을 새울지도 모르겠다.

하나님께서 의경을 허락하심은 분명 뜻이 있을

거야.

의경 복무를 통해 너의 미래와 비전을 기도하면서 준비할 수 있는 기회가 될 수도 있고, 하나님은 길이 많으시니 어떻게 네게 길을 열어주실지 기대가 된다.

전화할 때마다 너의 긍정적인 말들이 엄마는 너무 듣기 좋아.

말과 생각은 우리의 행동도 바꾸고 인생도 바꾼단다.

우리나라 양궁 선수들이 남녀 단체전도, 개인전도 모두 금메달을 따서 세계 외신들도 대단한 관심을 보였다고 하더라.

그들이 이 자리에 있기까지 흘린 땀과 노력은 눈물 날만큼 소중하고 귀한 거잖아.

한 발, 한 발 화살을 쏠 때마다 "나는 할 수 있어. 난 나를 믿어." 이렇게 말하며 "후회 없이 쏘자는 마음으로 했다."고 인터뷰한 걸 봤어.

이 긍정성과 스스로에게 보내는 신뢰가 지금의

금메달을 안겨준 거라고 생각하며 엄마도 진심으로 큰 박수를 보냈어.

예찬이도 긍정성과 신뢰를 통해 하나님이 기뻐하시는 재목으로 잘 성장할 걸 엄마는 믿어.

하나님은 외모를 보지 않으시고 중심을 보시는 분이심을 우리가 잘 알잖아.

마음을 다해 진심으로 기도하자. 마음과 몸이 건강해야 무엇이든 잘 감당하고 수용하며 능력 있는 사람이 될 수 있거든. 물론 능력도 하나님께서 주시는 거지만.

성령과 능력을 하나님께서 예수님께 주셨고 그걸 믿는 우리에게도 주신 것이거든.

바로 응답이 되지 않아도 기도하고 결정하거나 움직인 것은 실패하지 않더라.

네가 군대에 가고 나니 만나는 선생님마다 주변에 아들이 군대에 간 집들이 많더라고.

손주 있는 할머니들은 서로 말하려고 해서 아이 자랑을 만 원 내고 하라고 할 정도로 아이 얘기로 꽃을 피운다고 하더니, 엄마랑 만나는 선생님들도 군에 간 아들들 이야기로 시간 가는 줄 모른단다.

엄마는 내일 충남 교육연수원에 충남 수석 교사 대상으로 강의하러 간다.

이젠 네가 논산에 있지 않으니 그곳으로 달려가도 설레는 맘은 안 생기겠다.

바쁘기도 했지만 알차게 보낸 여름이야. 비록 남들처럼 휴가 가고 여행하지 않았어도 엄만 좋다.

건강한 네 목소리 듣는 것도 좋고, 네가 어디 있는지 확실히 알고 있으니 좋고, 국가에서 맛있는 밥 먹여 주니 좋고, 엄마도, 아빠도 건강하니 좋고. 게다가 번개도 엄마가 집에 있으니 방 안에서라도 많이 움직이고 활발해서 좋다. 아마 안정감이 있어서 그런 것 같아.

매일매일 감사 기도로 시작하고 하루를 마무리할 때도 감사 기도로 마치니 이보다 좋을 순 없을 것 같아.

예찬이도 그럼에도 불구하고 "범사에 감사하라."는 말씀을 잘 기억하고 아주 작고 사소한 것도 감사하면서 긍정맨, 축복맨으로 살아보자. 사랑해.

오늘 아침에는 바람이 지난주보다 훨씬 시원하고 상쾌해졌더라.

저녁 바람도 괜찮고. 그곳도 그렇지?

사랑의 하나님. 이 세상을 믿음의 눈으로 바로 보고 담대하게 나아가는 사람들에게 풍성한 복을 주시는 하나님의 은혜에 감사드립니다. 믿음의 사람인 아브라함은 사람의 눈에 보기 좋은 땅을 조카 롯에게 양보했지만, 하나님께서는 그에게 인간의 눈으로 볼 수 없는 더 놀라운 복을 주셨습니다. 우리 예찬이에게도 이와 같은 믿음을 주옵소서. 한 치 앞도 볼 수 없는 인간의 눈이 아닌, 오직 전능하신 하나님만을 의지하는 믿음의 눈으로 세상과 미래를 볼 수 있게 하여 주시기를 기도합니다.

날 구원하신 예수님 이름으로 기도합니다.

마무리 글

인간적인 사랑으로 남편을 바라보고 보살폈다면 저는 부끄러운 사람으로 살아갔을 것입니다.

사람의 노력으로 얻는 열매는 금방 지치고 한계가 있지만, 하나님의 열매는 아름답고 생명이 있으며 무한합니다.

사랑은 희생으로 얻는 것이며, 허물을 덮는 것임을 알게 하신 하나님은 제게 부족한 것은 채우시고 필요 없는 것은 제거하시며 세상을 단단한 두 발로 바로 서게 하셨습니다.

내 모습 그대로를 사랑하시는 하나님은 나의 상처와 지친 영혼을 회복시켜 기쁨과 감사를 나눌 수 있는 힘을 주셨습니다.

내 상처가 누군가에게 위로가 될 수 있다면 그것이 저에게는 축복입니다.

일일이 열거하지 못한 사랑하는 나의 지인들에게 깊이 감사드리며, 이 책을 만나는 당신에게도 하나님의 사랑을 나누어 드립니다.

그리고 신실하신 하나님께 감사와 영광을 올립니다.

사랑은 오래 참고 사랑은 온유하며 시기하지 아니하며 사랑은 자랑하지 아니하며 교만하지 아니하며 무례히 행하지 아니하며 자기의 유익을 구하지 아니하며 성내지 아니하며 악한 것을 생각하지 아니하며 불의를 기뻐하지 아니하며 진리와 함께 기뻐하고 모든 것을 참으며 모든 것을 믿으며 모든 것을 바라며 모든 것을 견디느니라(고린도전서 13:4~7)

2019년 1월
사경희